Herstellung und Verlag:
Books on Demand GmbH, Norderstedt

ISBN 3-8334-0114-1

Illustration:
Hark Weidling

Meinem Vater gewidmet

**Bernd
Möhlmann**

Von Vätern
und Söhnen

"Das ist mein Sohn. Odin könnte ihn
gezeugt haben, aber er ist von mir!"

(Ernest Borgnine in "Die Wikinger")

Sonst druckt nämlich niemand die Geschichte

Erstaunlich: Vor zwei Stunden habe ich den Vertrag für ein Kinderbuch erhalten, eines, in dem ich schreiben kann, wie und was ich will. Tja, und gerade eben ruft mich die Mutter meines Sohnes an und erzählt mir, dass sie sein Tigerenten-Fahrrad für 80 Mark an das Kleinkind gebracht hat. Ein Wink des Himmels, mich sofort an die Arbeit zu machen?

Schon einmal hat ein Kinderbuch-Verlag angefragt, ob ich nicht Lust hätte, für eine jüngere Leserschaft zu schreiben. Nun, das Verfassen kindgerechter Schriften ist keine einfache Angelegenheit. Nehmen wir mal das Thema Streit: Wenn in Kinderbüchern zwei Plärrer miteinander streiten, müssen sie sich auf der letzten Seite unbedingt versöhnen. Sonst druckt nämlich niemand die Geschichte. Meine Story lief aber ganz anders.

Es ging darin um den fünfjährigen Henry, dessen Eltern den ganzen Tag arbeiten. (Soweit hat das dem Verlag auch ganz gut gefallen.) Eines Tages kriegt Henry ein Magazin in die Finger und liest einen Artikel über die Surfer-Szene auf Fuerteventura. Zusammen mit seinem Freund Paul knackt Henry ein Auto und fährt los. ("Kann Henry nicht eine kleine Freundin mitnehmen?" hat meine Lektorin gefragt, aber ich habe verneint, weil Henrys Freundin beim Autofahren immer schlecht wird. Beim Thema Autoknacken hab' ich allerdings ein erstes Zugeständnis gemacht: Henry gewinnt das Auto bei der Quakenbrücker Klassenlotterie. Aber weiter.) Kurz hinter Stillhorn hat der Motor einen Kolbenfresser, weil Henry so richtig Gas gegeben hat, ich meine, wann hat man als Fünfjähriger schon mal einen Testarossa unterm Hintern? Eben. "Bestimmt ein Montagsauto", sagt Paul lakonisch und hält den Daumen raus. Ein Truck mit 200 Schweinen im Laderaum hält an; der Fahrer erkundigt sich nach dem Alter der Jungs. "35", sagt Paul, noch lakonischer als zuvor. "Gut gehalten", entgegnet der Trucker, der den ausschweifenden Dialog auch nicht erfunden hat und bis zur Halskrause mit Amphetaminen vollgedröhnt ist, und los geht die Fahrt. Als der Trucker müde wird, übernimmt Henry das Steuer; im Radio läuft "Stand By Your Man", Paul versteht "Stand By Your Mom" und überredet seinen Freund zur Umkehr.

Als der schwere Truck in den Eppendorfer Weg einbiegt und schließlich vor Henrys Kinderladen hält, gibt es ein großes Hallo. Alle Kinder basteln unter Anleitung der Erzieherin Karin bunte Masken, lassen die Schweine frei und reiten auf ihnen in den Sonnenuntergang.

Wie gesagt, dass die Eltern arbeiten, finde ich gut", hat meine Lektorin gesagt, "wir melden uns dann." Gee-looo-gen, ge-looo-gen....

Flammendes Inferno

"Kann ich sie anzünden?" Es ist einer dieser Abende, die der Liebe Gott dem Hamburger Stadtteil Sasel vorbehalten hat. Vater ist heimgekehrt von des Tages Mühen, sitzt auf der Veranda, öffnet die Bierflasche und greift nach der wohlverdienten Zigarette. Der Sohn hat seinen kleinen Traktor just korrekt eingeparkt; es war ein äußerst schwieriges Lenkmanöver, dem tragische Umstände vorausgingen. ("...und hier liegt jetzt wohl eine Leiche, Pabba, von einem Mann, der wohl nich' so gut gefahren is', oder, Pabba, und die Poöizei hat ihn wohl schon weggeräumt, damit alle weiterfahren können, weil alle nach Hause wollen, Pabba, oder, und das Esen is' schon fertig, auch bei dem toten Mann, und alle weinen wohl ganz doll, oder, Pabba?")

"Willst du auch eine rauchen?" möchte ich ihn da fragen, belasse es aber bei einem positiven Bescheid, was das Anzünden der Rauchware angeht. Schon greift die kleine Hand nach dem Feuerzeug, flackert die Flamme, glimmt der Stengel. "Darf ich noch eine anstecken?"

Faszination Feuer. Archaisch einwandfrei erklärbar. Hüter der Flammen. Verantwortung übernehmen für den Fortbestand des Stammes, des Lebens. Aufgabe des Mannes seit Jahrmillionen, undenkbar, die Sorge darum einer Frau anzuvertrauen. ("Ich hab' nur kurz *Vera am Mittag* geguckt, da ist es ausgegangen, komisch, oder?")

Ja, es erfüllt mich mit Stolz, wenn der Sohnes mit dem Daumen über das Rädchen streicht, den Funken fliegen läßt, das Gas entzündet.

"Messer, Gabel, Schere, Licht, dürfen kleine Kinder nicht." Da fühle ich mich doch gleich an den Tag erinnert, an dem ich das alte Sturmfeuerzeug meines Großvaters in die Finger bekam. Ich hatte es rein zufällig auf dem Dachboden des Elternhauses entdeckt, verborgen in einem Karton, der bis an den Rand mit persönlichen Gegenständen des alten Herrn gefüllt war. Das Bruchband passte nur schlecht; ich nahm also das Feuerzeug und den kleinen Kompass, der Opa den Weg aus Russland gewiesen hatte, an mich. Unglaubliche Schätze für einen Achtjährigen, der die Auswirkungen dörflicher Langeweile bis dahin mit der Einnahme illegal erworbener Psychopharmaka unter Kontrolle zu halten versucht hatte.

Das Feuerzeug war noch intakt, ich füllte es mit dem Benzin, das Mutter hin und wieder zur Entfernung hartnäckiger Flecken benutzte, und verließ das Haus, um auch den Kompass auf seine Tauglichkeit hin zu überprüfen. Ein paar Schritte in Richtung Südosten führten mich alsbald zu unserem kleinen Hühnerstall; ich trat ein, um die Aufgabe des Eiersammelns schnell zu erledigen und dann weiter in die Ferne zu ziehen. Vom Dachboden herab hingen einige Halme trockenen Strohs, eine gute Gelegenheit, das Feuerzeug kurz anzutesten. Misstrauisch vom Federvieh beäugt, kokelte ich einen Halm an, bekam es dann aber rasch mit Angst zu tun und erstickte die kleine Flamme mit den Fingern. Nee, lieber nicht, dachte ich und verließ den Stall.

Am späten Abend – ich lag bereits in meinem Bettchen und hatte schon etwa 400 Schafe in die Anwesenheitsliste eingetragen – machte sich im Hause und drumherum eine gewisse Unruhe bemerkbar. Ich stand auf und schlich zum Fenster; auf dem Hof hatten sich einige Nachbarn versammelt und lobten lautstark Papas geschickten Umgang mit dem Wasserschlauch, den dieser auf den rauchenden Stall gerichtet hielt. Überall liefen Hühner herum und suchten im Garten nach heimlich verscharrten Versicherungspolicen. Schnell flitzte ich wieder ins Bett zurück, zog mir die Decke über den Kopf und wartete auf das Ende der Welt.

Das Ende der Welt ließ sich viel Zeit. (Das genau ist sein Wesen: Das Ende der Welt hat keine Eile. Es weiß, dass es jederzeit erwartet wird, und es macht sich einen Mordsspaß daraus, die Leute warten zu lassen.) Als das Ende der Welt an mein Bett trat, trug es eine bunte Kittelschürze, hielt ein altes Sturmfeuerzeug in der Hand und sagte: "Du stehst jetzt auf, gehst zur Frühmesse und beichtest!" Ich hatte Glück: Das Ende der Welt war eindeutig meine Mutter.

Kleinlaut nahm ich die Höchststrafe an und machte mich auf den Weg. Das Gotteshaus war kalt, zitternd blätterte ich im Gebetbuch. Da gab es den *Beichtspiegel*, ein Sammelsurium an ausgezeichnet vorformulierten Sünden für phantasielose verirrte Schäfchen. Vom nachlässig herbeigeführten Soßenfleck auf der Sonntagstischdecke bis hin zur perfekten Selbstbefleckung auf Basis ausgefeilter Sexualphantasien – da war alles drin. Allerdings gab es kein Kapitel für Knaben mit pyromanischen Neigungen. Als ich vor dem Beichtvater kniete, beließ ich es also bei dem kurzen Geständnis: "Ich habe an mir herum und auch mit Feuer gespielt." Der Priester – wohl beeindruckt von diesem ausgezeichneten Satzbau – drückte mir vier Vaterunser auf's Auge und sprach mich von der Sünde los.

Mochte auch der Vater im Himmel mit dieser Buße zufrieden sein, der leibliche war es nicht. Als er am Abend heimkehrte, verordnete er mir "das Entfernen von Grashalmen zwischen den Gehwegplatten vor dem Hause". Ohne Bewährung.

"Soll ich dir noch eine anstecken?" Die Stimme meines Sohnes bringt mich in die Gegenwart zurück. "Nein, ich rauche sowieso zuviel. Hol´ mir doch lieber noch ein Bier aus dem Keller, ja?" Willig eilt der Knabe davon und kehrt alsbald mit einer Flasche Gerstensaft zurück. "Hey, Bubu, du hast sie ja schon geöffnet!" Die Antwort stimmt mich fröhlich. "Ja. Guter Junge, oder?"

Auch Linienrichter sind nur Menschen

Wenn es nach mir geht, ist die berufliche Zukunft meines Sohnes festgeschrieben. Er soll Autoschlosser werden und in einem gutsituierten Fußballverein (Regional-Oberliga reicht völlig) im defensiven Mittelfeld agieren.

Leider ist der Sohn in keinster Weise für den Fußballsport zu begeistern. Sicher, manchmal fragt er nach, wann denn der FC Schalke 04 wieder spielt, aber ich sehe ihm dabei an, dass er sich nur um meinetwillen nach dem großartigen Verein erkundigt. Regelmäßige Befragungen bestätigen diesen Eindruck. Erst gestern – er spielte mit seiner neuen Ritterburg – habe ich nochmal nachgehakt: "Hey, Hank, was willst Du später mal werden." Kurzes Nachdenken. "Nichts. Ein normaler Mensch." Ein normaler Mensch! Von wem hat er das, der kleine faule Sack?! "Und was machen normale Menschen?" Achselzucken. "Weiß nich'. Schlafen, essen. Und spazierengehen."

Na super! Letzte Chance, Söhnchen. "Und welchen Sport wilst Du mal betreiben? Vielleicht Fußball?" Ungeduldiges Stirnrunzeln. "Nee. Ritter. Mit Rittern spielen. Rittersport, Pabba." Ich geb's auf. Dabei hat er so einen herrlich strammen linken Schuß. Schnurgerade fliegt der Ball, wenn er ihn mit Macht tritt.

Hätte ich als Kind dieses Talent gehabt, mein Vater hätte mich gewiß zu meinem Glück gezwungen. Aber ich war Brillenträger und damit zum Zuschauen verdammt. Mein Papa hat das nie ganz verwunden, nur einmal hatte ich kurz das Gefühl, dass er mich trotzdem ganz gern mochte...

Wir schreiben das Jahr 1966. Gnadenlos brennt die Sonne auf das kleine, im Herzen Südoldenburgs gelegene Dörfchen Kroge-Ehrendorf nieder. In diesem Jahr schlägt der Sommer mit seiner ganzen Kraft zu. "Euch mache ich fertig!" ist auf jedem Sonnenstrahl zu lesen, kein Tag vergeht ohne Bittprozession, kein Abend, an dem wir Kinder nicht vor dem Bettchen knieen und Gott um Regen anflehen.

Am Nachmittag des Tages, den ich hiermit ins Zentrum der Erzählung rücke, finden sich im Wohnzimmer der Familie Möhlmann vier hypernervöse Männer ein, die von meinem Vater herzlich begrüßt, mit Flaschenbier versorgt und aufgefordert werden, das spärlich vorhandene Mobilar nach Lust und Laune zu okkupieren. Offensichtlich von unbändigem Stolz erfüllt, schreitet mein Vater zum vor wenigen Tagen erworbenen TV-Gerät und setzt es in Betrieb. Bald zeigt das "magische Auge" (eine Art Kontrolllampe) an, dass die Röhren die nötige Betriebstemperatur erreicht haben. "Unter den Tisch, Jungs. Und leise sein!" weist der Vater meinen Bruder und mich an. Erfreut nehmen wir unsere Plätze ein: Wir dürfen also mitgukken! Wir dürfen dabeisein, beim Endspiel der Fußball-WM 1966!

Mutter bringt Schnittchen und Gurken herein, Helmut Haller unsere Mannschaft durch die entschlossene Auswertung einer misslungenen Wilson-Abwehr überraschend in Führung. Die Freude ("Holt mal Bier aus dem Keller, Jungs!") währt nur kurz, Hurst gleicht sechs Minuten später aus. Als Peters in der 77. Minute das englische Team auf die Siegerstraße bringt, kriegt mein Bruder einen Wutanfall, der fast zum Platzverweis führt. (Papa: "Noch einen Mucks, dann geht ihr raus!") Als wir uns in der 90. Minute die Köpfe an der Tischplatte stoßen und mehrere Bierflaschen runterkullern, sagt Papa nichts. Wolfgang Weber hat den Ausgleich erzielt, das bedeutet Verlängerung.

Die deutsche Mannschaft verlor das Spiel am Ende 2:4 (durch ein bis heute umstrittenes Tor, das auf einer Fehlentscheidung des sowjetischen Linienrichters basierte), mein Vater die Beherrschung ("Wieso hab' ich die Kiste eigentlich gekauft!?") und wir Buben kurzfristig den Glauben an Gott. Mutter schien das zu ahnen, sie schickte uns direkt nach dem Schlusspfiff zur Beichte.

"Ich habe einen Russen gehasst", raunte ich wenig später dem Priester ins Ohr, wütend auf mich selbst, weil ich meinen angestrebten Rekord (drei Monate ohne Sünde leben) vermasselt hatte. "Auch Linienrichter sind nur Menschen", erwiderte mein Beichtvater und brummte mir zehn "Gegrüßet-seist-Du-Maria" auf. Offensichtlich war auch er nicht frei von Sünde. Hass wurde damals üblicherweise mit mindestens zwölf "Vaterunser" geahndet.

Als wir heimkehren, trafen wir den Vater kniend an. Er befreite die Fugen der Gehwegplatten von Gras und anderem Wildwuchs. Seine Buße rührte mich, auch seine Gedanken waren wahrscheinlich nicht frei von Zorn. "Der Ball war niemals drin, oder?" versuchte ich ihn zu trösten. "Wenn du das sagst. Schließlich hast du ja eine Brille, oder?" Dann stand er grinsend auf, holte einen Ball aus der Garage und fing an, mit uns herumzubolzen. "Fußball ist nicht alles, Jungs", schnaufte er zwischendurch und wischte sich den Schweiß von der Stirn.

Da nahm er seine Gitarre

Im Brennpunkt (ich könnte auch "Focus" sagen, getreu meinem journalistischen Credo "Bloß keine Fakten – und niemals an den Leser denken") des folgenden Aufsatzes steht ein Instrument, das mich von Kindesfingern an durch gute und schlechte Zeiten begleitet hat: die Gitarre. Auf den ersten Blick nur ein mit Drähten bespannter Hohlkörper, fürwahr, beim näheren Hinsehen und Hinhören aber ein Born unsäglicher Freude.

Der Anlaß zur Niederschrift ist weniger fröhlich. Der Sohn hat meine Lieblingsgitarre umgeschmissen. Eine 64er Gretch, ein echtes Schmuckstück, das näher zu beschreiben mir momentan die Kraft fehlt. Ich meine, ich ertrage ja so ziemlich alles. Wenn der Knabe einen nassen Waschlappen in das Einschubfach des Videorecorders schiebt, läßt mich das völlig kalt. Wenn er die Handbremse des Volvo löst und der gegen die Hauswand rollt, bitte, sowas ist lehrreich. Aber bei meinen Gitarren hört der Spaß auf. Nein, keine Gnade, der Bub muß lernen, dass auch sein Vater ein Herz hat, das an bestimmten materiellen Werten hängt.

Meine Bewunderung für Gitarristen reicht bis ins Jahr 1970 zurück. Da fuhr ich mit der Klasse 10a des Gymnasiums Damme in den Harz, um in einer Jugendherberge Abstand zum Schulalltag zu gewinnen. Mit dieser Reise sind für mich so einige Erinnerungen verbunden: der Migräneanfall meines guten Freundes Matthias Meyer, der Tausch meiner Feincord-Hose gegen die genitalbetonenden Jeans meines besten Freundes Jürgen Kuhles und nicht zuletzt die Bemühungen meines Banknachbarn Egon Haskamp, uns mit seinem Gitarrenspiel eitel Kurzweil zu bereiten.

14

Wenn ein pubertierender Junge erstmals zur Gitarre greift, wird er immer zunächst versuchen, einen aktuellen Pop-Song möglichst perfekt nachzuspielen. Um 1970 herum hieß dieser Song "House Of The Rising Sun", ein Lied, das von der Musikindustrie vermutlich in ungezählten Tierversuchen erprobt und schließlich für geeignet befunden wurde, die Menschheit zu quälen.

Trotz seiner ganz offensichtlichen Mängel bei der schlüssigen Aneinanderreihung der wenigen Akkorde, die das Stück verlangt, hielten wir geschlossen zu Egon, ja, wir suchten sogar seine Nähe, wenn er in Gegenwart der Mädchen von dem Haus in New Orleans und den damit verbundenen schlimmen Kindheitserinnerungen sang. Mädchen stehen nun mal auf Künstler, und Mädchen, die keinen Künstler abbekommen, suchen erfahrungsgemäß ihr Glück in dessen engem sozialen Umfeld. Und so verliefen die ersten Tage des Aufenthaltes für Egon und seine Freunde recht fröhlich. Tagsüber wanderten wir und füllten die jungen Lungen mit genügend Sauerstoff, um am Abend das Wettküssen konditionell gut zu verkraften.

Das hätte auch alles prima weiterlaufen können, wäre da nicht Herr Wilkens gewesen, ein schüchterner Mathematiklehrer, der am sechsten Abend unserer Reise Egon zaghaft darum bat, doch auch einmal das Instrument bedienen zu dürfen. Arglos reichte ihm Egon die Klampfe und Herr Wilkens zeigte uns zunächst einmal, welches Potenzial in einer Gitarre steckt, wenn man sie richtig stimmt. Dann begann er zu spielen. Seine Variationen zu einigen Bach-Kompositionen ließen uns noch relativ kalt, etwas unruhiger wurden wir, als Herr Wilkens die Sperrzone "Rock" betrat. Besonders seine Version von "Jumpin' Jack Flasch", angereichert mit lässig eingebrachten Flageolett-Passagen, ließ uns für eine Weile vergessen, dass dieser Mann sein Leben den Lehren des Pythagoras geweiht hatte. Um es kurz zu machen: Gegen 21 Uhr 30 scharrten sich die ersten Mädchen um Herrn Wilkens, der seinen Triumph sichtlich genoss und wahrscheinlich schon seit einer Weile überlegte, ob er die Strafe für "Unzucht mit Abhängigen" nicht einfach billigend in Kauf nehmen sollte. Schließlich beließ er es aber dabei, Egon das Instrument wieder in die Hände zu drücken, sich still auf sein Zimmer zurückzuziehen und dort vermutlich von gleichschenkeligen Dreiecken zu träumen. Den Rückzug des Lehrers in sein Gemach deuteten dann auch die Mädchen als Signal, den Abend ausklingen zu lassen. "Toll, oder? Wer hätte das gedacht!" und "Super, der kann ja richtig spielen..." – wie blanker Hohn klang das Gegacker der Frauenzimmer in unseren Ohren. Still packte Egon sein Instrument in den Koffer, wo es in den folgenden Tagen dann auch blieb.

Bedingt durch die Wiederholung eines Schuljahres verlor ich Egon Haskamp in der Folgezeit etwas aus den Augen. Ein Jahr später saß er dann wieder neben mir. Er war in Mathematik von einer Zwei auf eine Sechs abgerutscht. Eines Tages brachte er seine Gitarre mit in den Unterricht. "Hier, kannst Du haben", sagte er und drückte mir den Instrumentenkoffer in die Hand. Ich war gerührt.

Das erste Musikstück, zu dessen Interpretation ich die Gitarre begleitend einsetzte, war "Lady In Black" von Uriah Heep. Zwei Akkorde, ein philosophisch geradezu umwerfender Strophentext ("She came to me one mo-hor-ning...") und ein Refrain, der reichlich Raum zur Interpretation bietet ("A-ha-ha-ahah-aah-ah-a"), mehr bedarf es nicht, um die Pubertät aufregend zu gestalten. "Du spielst aber gut", sagte Annemarie, die

16

zweite Vorsitzende der Jungmädchengemeinschaft meines Heimatortes, und schob nervös eine Strähne blonden Haares aus der Stirn. "Ich weiß", entgegnete ich. Ein Satz, mit dem ich bis heute auf Komplimente reagiere, so sie mir entgegengebracht werden.

Was ich damals noch nicht wußte: Für einen Partygitarristen besteht die Kunst nicht darin, gut zu spielen. Vielmehr muß der junge Künstler wissen, wann es an der Zeit ist, das Saitenspiel einzustellen. Denn sonst ist irgendwann die Brause alle, das Lagerfeuer aus und die Frau des Herzens in den Händen irgendeines Tölpels, der nicht einmal um die Existenz von Terz, Subdominante und Moll-Gegenakkord weiß.

Mit 16 vollzog ich den Schritt von der akustischen zur elektrisch verstärkten Gitarre. Übend verbrachte ich meine – wie ich im Nachhinein feststellen muß – besten Monate auf dem Dachboden des Elternhauses. ("Quält der Junge wieder die Katze?" – "Nein, er übt Gitarre"). Mit 18 kam es zur ersten Mitgliedschaft in einer Band. Wir nannten uns "Die Reiter der Apokalypse", und so spielten wir auch. Unsere Texte waren von außergewöhnlicher Schärfe ("Sagt es allen ins Gesicht: Sowas macht ihr mit uns nicht!") und trugen uns schon bald Auftrittsverbote in den angesagten Pfarrheimen ein, zumal unser Schlagzeuger grundsätzlich in Frauenkleidern auftrat.

Ja, das war schon eine aufregende Zeit. Heute setze ich die Gitarre nur noch zum Zweck der Eigentherapie ein. Wenn es mir nicht gut geht, spiele ich "Jenseits des Tales" oder "Der Mond ist aufgegangen". Mein Traum ist, dass mich der Sohn irgendwann einmal auf der Mundharmonika begleitet und dass wir dann vielleicht irgendwann als Volksmusik-Duo auftreten können, als "Saseler Kniekehlchen" oder so.

"Fertig, Pabba." Aah, der Sohn hat die Strafarbeit beendet. Na, mal sehen..., ja, die Rasenkanten sind exakt geschnitten, gute Arbeit. Zufrieden nehme ich ihm die kleine Nagelsschere aus der Hand. "So, das hast du prima gemacht." Der Junge strahlt. "Bist du jetzt nicht mehr böse?" Nein, Papa ist nicht mehr böse. "Weißt sollst nur die Gitarren nicht anfassen, weißt du? Das habe ich dir schon tausendmal gesagt."

"Aber ich will auch Gitarre lernen. So wie du!" Jaaha, endlich! Zunächst einmal werde ich die verhasste Blockflöte in kleine Scheiben sägen, und dann kauen wir dir umgehend eine Gitarre. Fender, Gibson, Gretch – sag' mir einfach, was du willst, Du sollst es haben. Ja, mein Sohn, du wirst das schaffen, was deinem Vater immer verwehrt geblieben ist. Du wirst Gitarrist in einer wilden Band werden, Hotelzimmer und Frauen verwüsten, Jack Daniels trinken und auf Pressekonferenzen vorlaute Journalisten demütigen. Junge, ich werde stolz auf dich sein!

Dann pinkel ich eben in die Hose

Wir sitzen auf einem Kamel und reiten durch die Wüste. Der Sohn reicht mir die Wasserflasche, gierig greife ich danach und will einen Schluck nehmen. Aber beim Ansetzen merke ich, dass es der letzte Schluck ist. Ich will dem Sohn die Flasche zurückgeben, aber seine Faust umspannt mein Handgelenk wie ein Schraubstock. "Nein, Vater, trink Du. Du mußt trinken, denn nur Du kennst den Weg." Tränen steigen mir in die Augen. "Aber Sohn, Du bist jung. Ich bin nur Ballast für Dich. laß mich einfach hier zurück." Bewußtlos falle ich vom Kamel. Der Sohn springt aus dem Sattel, beugt sich zu mir herunter. "Pabba! Pabba!!! Pabba, aufwachen...!!!"

Brr, eingeschlafen! Komischer Traum. Wie spät ist es? Der Fernseher läuft noch. "Pabba, wann tötet er denn den Kurtz?" Es dauert eine Weile, bis ich die Frage richtig einordnen kann. Ja, ich bin bei "Tiere der Serengeti" eingeschlafen. Und danach... Apokalypse Now !!! Mein Sohn sieht Apokalypse Now, und das offensichtlich schon eine ganze Weile!!! Seine Mutter wird mich steinigen. Wo ist die Fernbedienung?!

"...ich liebe den Geruch von Napalm am Morgen..." Herrjeh, irgendwo muß doch diese Fernbedienung sein! "...und der ganze Hügel roch... ja, wie roch er? Er roch nach Sieg." Da, endlich, abschalten! "So, und jetzt ins Bett mit Dir! Du sollst doch nicht allein Filme gucken, hab´ ich das nicht gesagt?"

Zerknirscht schlüpft der Sohn in den Schlafanzug. "Ist Kurtz ein Böser?" Gott, das habe ich mich auch oft gefragt. "Nein, ist er nicht. Er ist verwirrt, der Krieg hat ihn zu einem anderen Menschen gemacht. Er ist ein Mann, der nach einer ganz eigenen Philosophie lebt, die natürlich ein gewisses Maß an Gewalt beinhaltet. – Hier, und jetzt putzen!"

Willig bürstet der Sohn die Beißerchen. "Unnarum ollnschien tödn?" Gute Frage. "Warum Sie ihn wollen töten wollen? Nun, weil er den Krieg in Frage stellt. Denke ich jedenfalls. Weißt Du, wenn Du älter und reif genug bist, kannst Du den Film sehen und Dir ein eigenes Urteil bilden, ja. Am besten im Kino, Breitwand, so hab´ ich ihn auch gesehen." Der Sohn spuckt Karius und Baktus ins Becken. "Und wann bin ich reif?"

Wann ist ein Kind reif für's Kino? Nun, spätestens dann, wenn Sie von Ihrem Nachwuchs auf den Hinweis zur Schlafenszeit die Antwort "Hey, Alter, was läuft denn jetzt für'n Film?" erhalten. Ich selbst habe zum ersten Mal im Alter von neun Jahren eine Kinovorstellung besucht; dies geschah im Rahmen einer Klassenreise und führte zum erstmaligen Pulsieren meiner romantischen Ader. "Ich denke oft an Piroschka" hieß der Film. "Wie war's denn?" fragte mich Mutter bei der Heimkehr. "Nun, das Beziehungsgeflecht der Protagonisten wirkte auf mich etwas aufgesetzt. Hinzu kommt, dass Lilo ihr Pulver ziemlich schnell verschossen hat", antwortete ich, meine wahren Gefühle verbergend, hatte ich mich doch hoffnungslos in die Filmfigur Greta verliebt, deren kühle Erotik mir bis zum heutigen Tag gegenwärtig ist. "Red' nicht so aufgesetzt daher", antwortete Mutter und hieß mich Unkraut zupfen.

Heute zählt es zu den schönsten Augenblicken meiner Vaterschaft, mit dem wohlgeratenen Sohn ins Kino zu gehen, mich in die lange Warteschlange vor der Kasse einzureihen und nach etwa 20minütiger Wartezeit und kurz vor dem Lösen der Tickets die Worte "Pabba, ich muß mal pinkeln!" zu vernehmen.

Meinem Flehen, das Verrichten der Notdurft nur wenige Sekunden hinauszuzögern, wird in jedem Fall ein pragmatisches "Na gut, dann pinkel ich eben in die Hose!" entgegengesetzt, also: Ab zum Klo und alsbald wieder ans Ende der Schlange!

Ausgerüstet mit Popkorn und Cola – Müsli und Sojamilch werden nur in wenigen Lichtspielhäusern angeboten – sehen wir uns alsbald den Werbeblock an. An dieser Stelle mein Kompliment an alle Kinobetreiber: Ja, nichts ist für Kinder aufregender als das Abfideln von lustigen Filmchen über Bier, Zigaretten, Automobile und Miederwaren! Wirklich, mein Kompliment! Und dann erst diese wundervolle Idee, dem Hunde-Epos "Susi und Strolchi" den herrlichen Trailer von "Jurassic Park II" voranzustellen. Einfach toll, wenn 200 Blagen den Breitwandsaurier mit synchronem Angstgekreische begrüssen und zum sofortigen Aufbruch drängen! Da fällt mir ein: Wer war eigentlich dafür, "Herkules" ohne Altersbeschränkung freizugeben? Oder anders gefragt: Seit wann ist Charles Manson Vorsitzender der Freiwilligen Selbstkontrolle? Und wo ich doch gerade so schön in Geberlaune bin: Ist eine Lasershow mit Nebelschwaden und THX-Sound (Motto: The Audience nässt sich vor Panik komplett ein!) wirklich das geeignete Mittel, Kleinkinder zu Cineasten heranzuziehen? Offensichtlich ja.

Was machen Indianer bei einem Formel-1-Rennen?

Früher hatte mein Sohn ein sehr kleine Zimmer und einen Teddy. Heute hat er ein großes Zimmer, etwa 130 kleine bis mittelgroße Spielzeugautos, 4 Breitschwerter, 3 Winchester-Nachbildungen, vier Kinderfaustfeuerwaffen verschiedener Kaliber und eine beeindruckende Stofftiersammlung, in der nur noch die Plüschausführung eines Warans fehlt, aber der Waran steht ja schon lange auf der Liste der bedrohten Plüschtierarten. Die Mutter meines Sohnes sagt manchmal, dass ich den Jungen zu sehr verwöhne, was allerdings sooo nicht ganz stimmt. Eigentlich verwöhne ich mich ja selbst.

Es ist nämlich so, dass meine eigenen Bedürfnisse in den letzten Jahren stark zurückgegangen sind. Wenn ich zum Beispiel ins AEZ fahre, mir ein paar Schuhe zu kaufen, komme ich garantiert mit einem kleinen Bagger wieder heim. Ich kaufe Spielzeug fast immer ohne Begleitung meines Sohnes; Kinder sind in der Regel ungeduldig und wissen nur selten, was sie wirklich wollen. Wenn sie's doch mal wissen, ist es meistens uninteressantes Zeug. Einmal wollte mein Sohn einen kleinen Gummiball haben. Es hat geschlagene 45 Minuten gedauert, bis ich ihn endlich zum Kauf einer Rennbahn überreden konnte. Ich habe dann gleich am nächsten Tag noch ein paar Schienen dazugekauft, und eine Woche später noch ein paar und am Tag darauf konnte ich schon den Nürburgring maßstabgetreu nachbauen. Nun ja, wenn ich heute dieses Spielzeuggeschäft betrete, nimmt mich der Verkäufer in die Arme, gibt mir einen Kuß auf die Wange und haucht mir "Mein Freund, ich dachte schon, dir sei etwa passiert" ins Ohr.

Letzte Woche hat er mir eine kleine Tribüne und 45 Zuschauer verkauft, denn so ganz ohne Publikum wollte ich den Schumacher in Suzuka nicht fahren lassen. Zum Glück hat es in Suzuka nicht geregnet; ich weiß zwar, dass Schumi gern bei Regen fährt, aber wenn ich im Wohnzimmer die Sprinkler-Anlage in Betrieb nehme, dauert es Tage, bis der Teppich wieder trocken ist.

Okay, manchmal ist es schon nervig, wenn das ganze Spielzeug im Wohnzimmer herumliegt. Insbesondere dann, wenn man barfuß durchs Wohnzimmer läuft, in die fiese Lanze eines kleinen Plastik-Indianers tritt, das Gleichgewicht verliert und sich im Fallen fast an der Schaukel stranguliert, bevor man mit dem Schädel in die Carrera-Steilkurve kracht. Da stellt man sich dann einfach nur noch die eine große Frage: Was machen Indianer bei einem Formel-1-Rennen?

Tatütata, die Feuerwehr ist da

Endlich Wochenende, Sonntag, und er hat wahrlich gut begonnen, dieser Tag. Gleich nach dem Frühstück wurde ich von meinem Sohn – den wohl nach Genuß mehrerer Fruchtzwerge der Übermut gepackt hatte – zu einem kleinen Tischfußball-Wettstreit herausgefordert, und nach einem spannenden Spiel stand es am Ende 217:3 für mich. (Falls Ihnen das Ergebnis merkwürdig vorkommt: Ich gebe dem Bengel der Fairness halber immer drei bis vier Punkte Vorsprung.)

Vierjährige sind von Haus aus schlechte Verlierer; jetzt, wo ich aus dem Fenster blicke und beobachte, wie der Junge mit angewidertem Gesicht und leise fluchend das Gras aus den Fugen der mit Waschbetonplatten befestigten Hofeinfahrt zupft, wird mir das plötzlich so richtig klar. Nun, wer um einen derartig hohen Einsatz spielt, sollte die Folgen wie ein Mann tragen. (Hätte ich das Spiel verloren und wäre es somit an mir gewesen, diese charakterbildende Arbeit zu verrichten, kein Laut der Klage wäre zu hören gewesen.)

Während also der Sohn zum Manne reift, widme ich mich in Ruhe der Aufgabe, die eine Werbeagentur vertrauensvoll in meine Hände gelegt hat. Es geht um das Verfassen eines Textes, der die Arbeit der örtlichen Feuerwehr lobpreisen soll. Mit "Feuerwehr" assoziiere ich geradezu automatisch die Berufswünsche, die ich als Kind hegte. Bis zum 13. Lebensjahr schien mein Lebensweg exakt vorgezeichnet: Ich wollte Märtyrer werden und im lodernden Feuer ein Zeugnis meines Glaubens ablegen. Widrige Umstände verhinderten dies. Zunächst mal gab es in unmittelbarer Nähe keine entsprechenden Ausbildungsplätze für Märtyrer; außerdem stellte sich nach einem ungeschickten Hammerschlag auf meinen Daumen heraus, dass das Ertragen körperlicher Schmerzen absolut nicht zu meinen Stärken zählt.

Mit 14 Jahren fand ich dann "Gammler" ziemlich gut; es folgten "Pop-Star", "Inquisitor" und schließlich "Monteur auf einer Bohrinsel". Sechzehnjährig fühlte ich mich zum Chirurgen berufen, verbrachte die folgenden Jahre im engen Umfeld dieses Berufsstandes und brachte es durch geschickte Assistenz zu einem gewissen Ansehen. Dann schrieb ich meine erste Kurzgeschichte, Mutter lachte sehr darüber und so bin ich bis heute bei der Schreiberei geblieben.

Aah, gerade kommt der Sohn zur Türe herein, so, wie ich ihn am liebsten sehe: mit Rotznase und verdreckten Händchen. Eine gute Gelegenheit, ihn nach seinen beruflichen Plänen zu fragen. "He, Hank, was möchtest Du später mal werden?" Wie üblich kommt zunächst eine Gegenfrage, um Zeit zur Formulierung einer gescheiten Antwort zu gewinnen: "Wie, was werden?" – "Welchen Beruf findest Du gut? Was willst Du mal werden, wenn Du groß bist?" nach weiterem Zögern kommt schließlich die Antwort "Schaf! Ich will Schaf werden. Is' das gut?" Nein, das ist nicht so gut. Aber immerhin ist es ein schon mal ein Plan. Vielleicht folgt ja später noch die Ausbildung zum Schafrichter.

So macht das keinen Spaß

Wohnungswechsel. Alle Zimmer sind geräumt, jetzt gilt es, sie noch schnell zu renovieren. Vorher wollen wir aber die gute Gelegenheit nutzen und uns mal so richtig farblich austoben. "Komm´ Sohn, wir zaubern jetzt ein paar schöne Graffiti. Nimm Dir auch eine Dose. Was wollen wir sprühen?" Kurzes Überlegen. "Saurier. Saurier, Pabba, ja?" Und schon zischt die Farbe aus dem Behälter. "Was heißt Graffi..., ääh, Graffi... wie heißt das Wort richtig?"

"Graffiti. Genau bedeutet das..." Zum Glück stehen die Bücherkisten noch im Flur. Der Duden, meiner Meinung nach eines der spannendsten Bücher überhaupt, bietet zum Begriff "Graffiti" gleich drei Definitionen an. So verstehen wir darunter 1. eine in eine Wand eingekratzte kultur- und sprachgeschichtlich bedeutsame Inschrift, 2. eine in eine Marmorfliese eingeritzte mehrfarbige ornamentale oder figurale Dekoration, 3. eine auf Wände, Mauern, Fassaden usw. meist mit Spray gesprühte, gespritzte oder gemalte Parole oder Figur von kämpferischem oder witzigem Charakter.

Als mein Bruder und ich 1963 den Satz "Werner ist doof!" mit gelber Ölfarbe an eine Scheune pinselten, war uns diese genaue Definition in keinster Weise geläufig. Es ging uns, beziehungsweise in erster Linie meinem Bruder, überhaupt nicht darum, ein drängendes künstlerisches Anliegen zum Ausdruck zu bringen. Vielmehr handelten wir mit der Absicht, das übertrieben anmutende Selbstbewusstsein besagten Werners in seinen Grundfesten zu erschüttern und ihn jene Demut und Botmäßigkeit zu lehren, die neunjährigen Knaben so gut zu Gesichte steht.

Unser Graffiti war eine Reaktion auf das zwei Tage zuvor von Werner kolportierte Gerücht, mein Bruder – ein bis dahin allgemein als unbescholten geltender Junge – sei in seine Klassenkameradin Viola Prüsken "verliebt" und habe diese zu küssen versucht. Das war natürlich blanker Unsinn, denn mein Bruder konnte zu diesem Zeitpunkt Mädchen nicht ausstehen; der bloße Anblick einer Zopfspange versetzte ihn in blanke Raserei und die junge weibliche Bevölkerung des Dorfes fürchtete seine pointierten Kommentare zum Tragen von Kleidern und Lackschuhen.

Als wir nun zwei Tage später erneut die Scheune aufsuchten, um Lungenzüge zu üben, leuchtete uns schon aus der Ferne eine blutrote Botschaft entgegen: "Bernhard und Wolfgang sind noch doofer wie ich!" Ich reagierte zuerst. "Keine Phantasie und Schwächen beim Bilden des Komparativs. "Die Analyse meines Bruders fiel praxisorientierter aus. "Er muß eine Leiter benutzt haben."

Am nächsten Tag rückten wir erneut an, füllten Farbe in Plastikbeutel und löschten mit diesen Wurfgeschossen Werners Hetzparole. Dann setzten wir uns ins Gras und überlegten, wie wir Werner noch tiefer verletzen könnten. "Sein Vater ist besoffen gefahren und hat jetzt keinen Führerschein mehr", sagte mein Bruder nach einer Weile. "Inhaltlich eine ganz starke Line, aber viel zu lang", entgegnete ich, "was mir vorschwebt, ist eine rein visuelle Umsetzung seiner Charakterzüge. Wir brauchen unbedingt ein ordentliches graphisches Konzept, hier ist richtig gutes Artwork gefragt." "Dann mal' doch einfach ein Schwein mit einem Akzent am Hintern!" Es dauerte eine ganze Weile, bis ich begriff, was Wolfgang meinte. "Das heißt Ab-

27

szess, nicht Akzent. Außerdem kann ich sowas nicht malen."
"Dann schreiben wir das eben nur", beharrte Wolfgang.

Eine Woche später stand unter unserem Satz "Werner hat einen Abszess" die Antwort "Ihr aber auch!" Mein Bruder brachte unsere Empfindungen schließlich auf den Punkt. "So macht das keinen Spaß." Ich stimmte ihm zu.

Wie tötet man ihn?

"Schau mal, Hank, ein Fasan!" Was für ein prächtiger Anblick, den Hahn stolz durch die Beete schreiten zu sehen. Wie gut, den Sohn in der Nähe zu haben und ein emotionales Feedback zu erfahren.

"Wo?" Neugierig presst das Kind die Nase ans kalte Fensterglas. "Da, schau mal. Sieht er nicht hübsch aus?" Der Sohn starrt in den Garten. Seine Augen verengen sich zu kleinen Schlitzen. Der Atem wird hektisch, die Fäuse ballen sich. "Wie tötet man ihn?"

Ich habe es gewusst. Das musste ja so kommen. Zu viele Tierfilme, zu viele Aasfresser in Großaufnahme, zu viel "Nahrungskette", "Recht des Stärkeren" und "Lauf der Natur". Der Tod – ist das TV-Gerät doch nicht das geeignete Mittel, dem Sohn dieses Thema verständlich nahezubringen? Wohl nicht. Leise verfluche ich die Stadt, in der wir leben, erinnere mich an meine erste Erfahrung mit dem Tod, die ich mit meinem Bruder teilen durfte.

Gerade Städter werden Mühe haben, unser damaliges Handeln zu begreifen, und ich kann da nur sagen, dass Landkinder ein völlig anderes Verhältnis zur Natur, zum Leben und zum Tod haben. Landkinder brauchen keine Cola; sie zapfen Birkenwurzeln an und trinken den Saft. Landkinder werden Zeugen von Tierschlachtungen und bedauern bei leckerer Blutwurst, dass das Leben nicht ewig währt. Landkinder bewahren die Toten in Erinnerung – und manchmal versuchen sie sogar, mehr zu bewahren.

Wir besaßen einen Hamster; angeregt durch die Erzählungen Rudyard Kiplings, die (nach Meinung meines Bruders) im Gegensatz zu seinen Gedichten nicht von puritanischem Imperialismus gefärbt waren, hatten wir das Tier "Mungo" getauft. Tagsüber veranstalteten wir Schlangenkämpfe, bei denen Mungo gegen Regenwürmer anzutreten hatte; in der Nacht versorgte uns Mungo mit Elektrizität für unsere Leselampen, und zwar über ein Stromerzeugungssystem, das mein Bruder im Rahmen des Wettbewerbs "Landjugend forscht" aus Laufrad und Fahrrad-Dynamo entwickelt hatte. (2. Preis, knapp geschlagen von Jan Krombachs "Mistgabel mit integriertem beleuchteten Kreiselkompass", die auch bei schlechten Lichtverhältnissen ein zielgerichtetes Entmisten der Ställe ermöglichte.)

Tja, und dann starb unser Hamster. Auf die näheren Umstände seines Dahinscheidens kann und will ich aus Platzmangel nicht eingehen, nur soviel: Als wir dazukamen, war die Katze schon mit ihm fertig. Wir beschlossen augenblicklich, Mungos sterbliche Hülle für die Ewigkeit zu konservieren. Während ich im Turnsaal der Volksschule – es war gerade Blutspendetermin – ein paar Mullbinden abzockte, machte sich mein Bruder stehenden Fußes an die Zubereitung des Konservierungsmittels. Wir bestrichen die Mullbinden mit der Paste aus Penaten-Creme, Nähmaschinenöl, Bohnerwachs und zerstoßenen Himbeeren (schmeckte nicht mal schlecht!), wickelten Mungo sorgfältig darin ein und betteten ihn in einen kleinen, aus Brettern einer Zigarrenkiste gefertigten Sarkophag, der unter die Schlafmatratze meines Bruders wanderte.

Nach etwa 10 Tagen war die Lage der letzten Ruhestätte kaum noch geheimzuhalten. Mama bezichtigte uns schon am frühen

Morgen der körperlichen Unreinheit, die täglichen Wannenbäder ermüdeten uns.

Warum mir kurz darauf der Hintern tagelang weh tat und was mein Bruder während seiner Genesungskur erlebte, können Sie in meiner voraussichtlich im Juli erscheinenden Novelle "Als Mutter den toten Hamster fand" in Ruhe nachlesen.

Gut geschubst, Junge

"Pabba, die schusen mich immer!" Ich hebe den Sohn in die Höhe und blicke ihm streng in die Augen. "Dann schubs zurück. Du hast in Deinem Leben nur zwei Möglichkeiten: du schubst oder du wirst geschubst. Du kannst ganz frei zwischen diesen beiden Möglichkeiten wählen. Das ist wie beim Pinkeln: Du stehst oder du sitzt. Such´s dir aus und finde heraus, was dir besser gefällt."

Planten und Beton, Eisbahn, Winter 98. Die Frau, die neben mir einem Jungen die Schlittschuhe schnürt und Zeugin meiner kleinen Ansprache sein darf, würde mir am liebsten mit den Schlittschuhen über die Halsschlagader fahren. Das sehe ich ihr genau an. Mein Gott, Mädel! Mir macht das auch keinen Spaß, dieses Zeugs zu reden. Aber was soll ich tun? Das Feld kampflos räumen? ("Na gut, dann fahren wir eben heim und bauen einen Schneemann.")

Nee, so läuft das nicht. Im Sommer wird der Bub eingeschult, da wird man ihm seine Jacke wegnehmen und sein Taschengeld rauben. Es ist meine verdammte Pflicht, ihn darauf vorzubereiten. Überhaupt, dieser blöde Massenbetrieb auf der Eisbahn geht mir auf den Keks. Wir sollten die Stadt verlassen, Sohn. Ich könnte Dir einen Weiher zeigen, da würdest Du staunen, wie toll Eislaufen sein kann...

Winter 1961. Im Juli ist Ernest Hemingway gestorben, noch immer fühle ich mich, als hätte ich die Nachricht von seinem Ableben erst vor wenigen Minuten erhalten. "Warum so früh, Ernie?" denke ich auch an diesem Tag, an dem Gott mir und meinen Brüdern so überdeutlich zeigt, dass er auch etwas von sparsamer Prosa versteht.

Es ist ein kalter Tag im Dezember. Wir stehen am Ufer eines kleinen Weihers, dampfender Atem entweicht unseren – ausnahmsweise – stillen Mündern. Wahrhaftig, Väterchen Frost hat über Nacht ganze Arbeit geleistet. Spiegelblank liegt sie vor uns: eine glatte Eisfläche, vom scharfen Südostwind auf Hochglanz getrimmt, ganz ohne Narben, lockend und verheißungsvoll. "Schau, eine Anas platyrhynchos", sagt Wolfgang in die Stille hinein und deutet auf einen Schatten am Ufer. Tatsächlich, eine junge Stockente schickt sich gerade an, das Eis zu betreten. Stolz blicke ich auf den Bruder, der jetzt mit klammen Fingern seinem kleinen Merkheft die frische Beobachtung anvertraut. "Schreibt man Ufer mit h oder ohne?" fragt er dabei mit dem ganzen Charme, mit dem Fünfjährige Unsicherheiten in der Rechtschreibung überspielen. "Natürlich mit", erwidere ich schmunzelnd. Nein, das eine Jahr Vorsprung werde ich nicht so rasch aufgeben.

"Gleich wissen wir, ob das Eis hält", sagt Andreas und starrt der Ente nach, die sich mit tapsigen Schritten der Flächenmitte nähert. Wolfgang lacht. "Laß uns lieber warten, bis Jürgen kommt, dann wissen wir's genau." Jürgen ist unser Eistester und unser Freund, genau in dieser Reihenfolge. Ab August füttern wir ihn immer mit Süßigkeiten, damit er seine 47 Kilo sicher bis zum Winter hält. Doch an diesem Tag warten wir vergeblich, und nach einer Weile bemerke ich, dass meine Brüder mich abschätzend anstarren.

Ich atme tief ein, setze mich auf einen Baumstumpf und beginne damit, die Schlittschuhe an meine Stiefel zu schrauben.

"Hemingways Schaffen ist geprägt von der Deutung des Lebens als Dasein in Gefahr", murmele ich und bringe die stählernen Klammern auf Spannung. "Da, die Ente kommt zurück", unterbricht Andreas und wedelt aufgeregt mit den Armen. Unbeirrt setzte ich meine Arbeit fort. "Wir können auch morgen wiederkommen", sagt Wolfgang und holt sich verlegen ein Stück gefrorenen Rotz aus der Nase. "Wir können uns auch ein Loch ins Knie bohren und Kakao reingießen!" brüllt Andreas und lacht sich scheckig. "Wirklich, wir müssen nicht auf's Eis gehen", beharrt Wolfgang, "wir kommen einfach morgen mit Jürgen wieder."

Eine kluge Entscheidung, denke ich und nicke stumm. Denn wenn ich absaufe, wer schreibt dann darüber?

"Pabba, ich hab´ auch geschubst!" Stolz kehrt der Sohn von seiner Runde zurück. Ebenso die Frau, die meine Halsschlagader auftrennen wollte. Sie schiebt ihren Jungen vor sich her. "So, Oliver, du entschuldigst dich jetzt sofort bei dem Jungen!" Der Bursche sträubt sich. "Aber er hat mich auch geschubst!"

Nach einer Viertelstunde ist der Fall endlich erledigt. Ich weiß jetzt, dass Olivers Mutter auf den Namen Karin hört, in Eimsbüttel wohnt und manchmal "echt überfordert" ist. Sie hört gern klassische Musik und würde mich gern mal zum Tee einladen, um über Kindererziehung zu diskutieren oder "nur mal so" zu plaudern. Gut geschubst, Junge.

Der Abschied vom Idol

"Is´ Schtallon stark?" Schtallon heißt eigentlich Silvester Stallone und ist der derzeitige Held des Sohnes. Die Vorbilder wechseln fast wöchentlich; es sind überwiegend Männer mit einer überdurchschnittlichen körperlichen Ausstrahlung, die sein Interesse wecken. Diese Männer "kämpfen gegen das Böse und retten die Welt" – jedenfalls erkläre ich das meinem Sohn so während unserer gemeinsamen TV-Abende. In Wirklichkeit leiden diese "Helden" ja bekanntermaßen fast alle unter mangelndem Selbstbewußtsein; andere haben keinen Ausbildungsplatz bekommen oder gar ihren langjährigen Arbeitsplatz verloren und versuchen durch das Entschärfen atomarer Sprengkörper und das Liquidieren sozial inkompetenter Zeitgenossen, sich und ihre nahen Angehörigen – meist reumütige Prostituierte – über Wasser zu halten.

Keine Angst, ich mute meinem Kind keinerlei gewalttätige Szenen zu. Die Größe meiner Hände sowie sein altersbedingter geringer Schädelumfang erlauben uns einen kontrollierten Fernsehkonsum. Dabei umspannen die Hände des Vaters den Kopf des Jungen oberhalb seiner Ohren und Augen. Sobald auf dem Bildschirm Andeutungen von Gewalt erkennbar werden, rutschen die Hände etwa acht Zentimeter tiefer und schließen die Sinnesorgane des Knaben hermetisch ab. Ist die böse Szene vorbei, werden Blick und Gehör wieder freigegeben und die Inhalte der verpassten Bildfolgen vom Zensor kurz zusammengefaßt.

Zudem habe ich ein ganzes Sortiment kindgerechter Fassungen von Action- und Abenteuerfilmen im Schrank stehen, allesamt von mir persönlich geschnitten mit der Aufschrift

"Fathers Cut" versehen; mein Meisterstück ist eine dreiminütige, völlig gewaltfreie Version von "Bravehart". Auch "Apocalypse Now" hat in der von mir freigegebenen Version die Anmutung einer unterhaltsamen Dampferfahrt durch die Naturschutzgebiete Südostasiens. Lediglich die große Schlußszene mit Marlon Brando habe ich fast original belassen und im Studio eines befreundeten TV-Journalisten etwas nachsynchronisiert. Statt "Das Grauen, das Grauen..." zu flüstern, singt der dicke Marlon Brando jetzt das Lied von den Schlümpfen, und wenn mein Sohn gute Laune hat, singt er lauthals mit.

Dem Jungen zu vermitteln, dass seine Idole lediglich Phantasiegebilde sind und dass diese im wirklichen Leben überwiegend kläglich versagen (Trunksucht, Vielweiberei und Bauherrenmodelle sind nur einige der Ursachen, die genannt sein sollen), kann meine Aufgabe nicht sein. Denn auch ich hatte als Kind meine Idole und weiß um die Bitternis, die ein Verlust derselben nach sich zieht.

Es war wohl im August 1977. Ich saß auf der Veranda meines Elternhauses und kraulte den Kopf von Aguirre. Aguirre war ein kuscheliger Stallhase und sollte am Wochenende gegessen werden, aber das wußte er natürlich noch nicht, sonst hätte er bestimmt nicht so ruhig dagesessen. Ich fühlte mich immer noch elend; zwölf Tage zuvor war Ernst Bloch gestorben, ein Philosoph, dessen Werk von der Rekonstruktion der philosophischen Tradition unter dem universalen Prinzip der Hoffnung gekennzeichnet ist und dessen Lektüre mir damals half, das ereignislose Leben in unserem Dorf zu meistern. Ich verehrte Bloch, denn auch ich begriff zu diesem Zeitpunkt die Vorwegnahme eines besseren Daseins als Wesen der marxistischen Gesellschaftstheorie, was bisweilen zu heftigen Diskussionen mit meinem Vater führte, der das naturrechtliche Erbe der Aufklärung vehement in Frage stellte.

Das alles ging mir durch den Kopf, während ich die abendliche Stille auf mich einwirken ließ und Aguirre mit sanftem Kneten die letzten Stunden versüßte. Ein Motorengeräusch riß mich aus meinen Gedanken; ich blickte auf und sah den blauen Pritschenwagen meines Vaters durch die Einfahrt donnern. Mit kreischenden Reifen kam das Gefährt zum Stehen; langsam und bedächtig – ganz entgegen seiner sonstigen Art – stieg Vater aus, schloß sorgfältig die Wagentür und ging, mir stumm zunickend, ins Haus. Das wunderte mich doch sehr.

Auch beim Abendessen war mein Vater sehr in sich gekehrt; nur als mein kleiner Bruder sich nach Aguirres genauen Hinrichtungstermin erkundigte, murmelte er kurz "Mal gucken", um dann schweigend weiter seine Suppe zu löffeln. Ich warf meiner Mutter einen fragenden Blick zu, aber die zuckte auch nur mit den Schultern und zeigte ihren berühmten "Weiß-der-Teufel-was-wieder-in-der-Firma-los-war"-Gesichtsausdruck.

Nach der Tagesschau wurde mein kleiner Bruder zunehmend unruhig, und das verstand ich gut, denn schließlich war Aguirre sein Lieblingshase, aber in den 70ern war halt wenig Platz für Gefühle und ein Hase in erster Linie lecker. So legte ich mir schon tröstende Worte für den Kleinen zurecht, als mein Vater sich urplötzlich vom Sofa erhob, den Fernseher ausschaltete und die Musiktruhe öffnete. Nach einigem Suchen fand er schließlich die Scheibe seiner Wahl und legte sie auf. "Elvis Presley ist gestern gestorben", sagte er ganz beiläufig und ließ dann den Tonarm runtersausen. Mühsam fräste sich die Nadel durch die verstaubte Rille, "Love me tender..." säuselte der

King. "Den fand ich immer gut", sagte mein Vater und summte leise mit. Ernst Bloch und Elvis Presley, dachte ich, tja, so verlieren Sohn und Vater ihre Idole.

Der Hase wurde übrigens nicht geschlachtet. Jedenfalls nicht an diesem Tag.

Auf der Jagd nach dem Mausbock

Zu fortgeschrittener Stunde breche ich auf, um gemeinsam mit meinem Sohn das Zwielicht für naturkundliche Studien zu nutzen. Objekt unserer kleinen Expedition ist ein Rudel Mausbökke, deren rituellen Paarungstanz auf einer verwunschenen Lichtung wir zu beobachten vorhaben. Obwohl – so ganz genau wissen wir noch nicht,was uns erwartet, wir wissen nur, dass der Mausbock ganz einfach existieren muß, schließlich haben wir seine Abbildung mit eigenen Augen gesehen, auf der Karte eines Quartett-Spiels, das der Sohn auf dem Spielplatz gefunden hat. Die Abbildung zeigte ein mausähnliches Wesen, in Lumpen gehüllt und verschmitzt blickend. Darunter stand das Wort Mausbock.

In dem Herbst Tribut zollende Kleidung gehüllt und das Nachtglas fest in der kleinen Hand haltend, besteigt mein Sohn seinen Traktor, ein aus Kunststoff gefertigtes Mobil, dessen Geländegängigkeit in Verbindung mit väterlicher Zugkraft doch immer wieder sehr überrascht.

Angetrieben vom Ruf "Mausbock suchen!" verlassen wir bald den festen Weg und dringen tief in den Saseler Forst ein, Schweiß durchfeuchtet angenehm die Leibwäsche, des Knaben elegante Lenkmanöver halten das Spielgefährt treu in der Spur, die Vaters kräftiges Stiefelwerk in den abendlich feuchten Waldboden furcht.

"Essen!" bellt der Sohn, kaum dass wir die Lichtung erreicht haben; uns ein Fleckchen Moos als Lager wählend, packen wir die Brote aus aus und essen – nicht ohne zuvor den auffallend bunten Traktor mit Reisern getarnt zu haben. Kleine Freudenschreie wie "Prima Wurst!" und "Gute Butter, lecker!" durchbrechen die Stille, eine kleine Limonadensauerei sorgt für Überschwang und launiges Gegröhle.

Alsdann lassen wir tunlichst Ruhe einkehren, denn der Mausbock hasst Randale und bleibt, so er Lärm vernimmt, der Vorsicht halber in seinem Bau, ein auf Verwirrung ausgerichtetes Ganglabyrinth, das er in etwa 6000 Metern Tiefe anlegt und – damit für Menschen nicht nachvollziehbar – nach Gutdünken ausschildert. Kern einer solchen Mausbockbehausung ist übrigens der zentral gelegene Festsaal, in dem es während der kalten Jahreszeit bisweilen zu ausschweifenden Gelagen kommt; hier werden auch im Frühjahr Vorträge für geschlechtsreife Mausböcke gehalten und sportliche Wettkämpfe wie Maronendrücken oder mannschaftliches Rindenknabbern inszeniert. Mausbockweibchen sind von der direkten Teilnahme an allen gesellschaftlichen Veranstaltungen ausgeschlossen, sorgen aber dennoch mit geradezu übertriebener Freude für das Buffet und den Saalschmuck.

Als glutroter Ball begibt sich die Sonne auf Tauchstation, dem fahlen Gelb und Orange herbstlichen Blattwerkes zum Abschied letzte Kraft einflößend; schweigend beobachten Vater und Sohn das beeindruckende "Tschüss" eines langen Tages, aufkommende Melancholie durch Nasebohren und Kopfhaarzwirbeln verlegen voreinander zu verbergen suchend. "Moos", doziere ich, das Klößchen im Hals tapfer schluckend, und zupfe an unserem Sitzkissen herum, "eine Pflanze aus der Abteilung der Kryptogamen, die uns beiden durchaus verwandt ist: hat keine Wurzeln, ist gegen Kälte fast völlig unempfindlich und anspruchslos."

"Himmel, schön", haucht der Sohn schließlich und schiebt sein Wollmützchen aus der Stirn – ein Anblick, der mich sehr an das "Knabenbild" von Balthasar Denner erinnert. "Ja", erwidere ich nach langem Überlegen, "das hat der große Designer mal wieder klasse hingekriegt." Und dann gebe ich mich vorbehaltlos der Vorstellung hin, dass der Liebe Gott diesen genialen Sonnenuntergang auf den letzten Drücker fertig gekriegt hat, dass er vielleicht am Vormittag ein neues Grafik-Programm installiert hat und dass ihm der Computer andauernd abgeschmiert ist; schließlich, so stelle ich mir vor, hat er sich dann auf seine alten Qualitäten besonnen, auf den Fortschritt gepfiffen, mit ein paar alten Farbstiften ein grobes Layout angerissen und...

Leichtes Schnarchen reißt mich aus den tiefsinnigen Gedanken. Der Sohn ist eingeschlafen. Vorsichtig hebe ich ihn auf, berge ihn unter meinem Mantel und trete den Heimweg an, indem ich regelmäßig einen Fuß vor den anderen setze. Den Traktor wird schon keiner finden, wahrscheinlich nicht einmal ich selbst.

Und die Mausböcke? Nun ja, die werden auch ohne uns nach stundenlangem Tanz in Trance fallen und bis zum Morgengrauen quengeln...

Alles fauler Zauber

"Hokuspokus Fidibus, dreimal schwarzer Kater!" Zum wieder-
holten Male versucht der Sohn, ein Kaninchen aus dem Zylinder zu zaubern, den wir beim Durchforsten des großväterlichen
Nachlasses entdeckt haben. "Kann ich den Zauberhut haben?"

Das war gestern. Auch am folgenden Tag hat das Interesse an
der magischen Kopfbedeckung nicht nachgelassen. "Wie holt
man ein Kaninchen raus, Pabba?" Soll ich ihm die Wahrheit
sagen? Warum nicht. Erst vor wenigen Tagen wurde im TV
gezeigt, wie es David Copperfield macht. Irgendwann wird
auch mein Sohn erkennen, dass alle Zauberei nur auf Illusion
beruht. Also: "Um ein Kaninchen aus dem Hut zu zaubern,
muß man es zunächst mal hineinstecken. Allerdings so, dass es
niemand sieht. Das nennt man "Illusionen hervorrufen", eine
Kunst, die viel Übung und Ausdauer erfordert." Nach kurzer
Überlegung nimmt der Sohn seinen Stoffhasen und verläßt das
Wohnzimmer. "Hey, wohin gehst du?" "In die Küche. Da
kannst du nicht sehen, wie ich es reinstecke." Nun ja, jedenfalls
hat er das Prinzip begriffen. Jetzt muß er nur noch lernen, den
Trick mit der Küche nicht dem Publikum zu verraten.

Der erste Illusionist, der mich nachhaltig zu beeindrucken
wußte, war eine Frau – meine Mutter. Nicht etwa in Jeans und
Lederjacke, nein, in eine schlichte Kittelschürze gehüllt, er-
freute sie mich und meine Geschwister mit unglaublichen
Tricks, die wir zwar alle nach einer gewissen Zeit durchschau-
ten, die aber dadurch keinesfalls an Wirkung verloren. Da gab
es zum Beispiel eine Nummer, über die ich heute noch immer
laut lachen kann, ich meine, wenn ich daran denke, wie Mama
ihre kleinen Racker damals getäuscht hat, also nein, wirklich!

42

Es war an einem Sonntag, da gab es zu Mittag das, was heute in den Speisekarten humanistisch geprägter Restaurants als "Bratstücke von Geflügel an Gemüse der Jahreszeit" aufgeführt wird. Wir nannten das damals schlicht "Hähnchen mit Erbsen und Möhren", nein halt, noch schlichter "...Erbsen und Wurzeln". Wir aßen alles auf, und ich weiß noch, wie mein Bruder sagte: "Können wir das morgen noch einmal essen?" In meinem Lachen lag der Wissensvorsprung, der den Jahrgang 1955 gegenüber den Nachzüglern des folgenden Jahres auszeichnet. Noch einmal essen – wie grotesk! Was weg ist, ist weg!

Am nächsten Tag: Drei Böllerschüsse, die uns zur Aufnahme fester Nahrung aus dem Wald riefen, leiteten ein Schauspiel unvergleichlicher Güte ein. Kaum saßen wir mit frisch gewaschenen Füßen am Tisch, waren die letzten Worte der Danksagung verhallt ("...mach uns're Mägen bitte stark / zum Nachtisch gibt's bestimmt noch Quark. Amen."), öffnete Mutter den Topf, und darin lag – ein Hähnchen, fein gerahmt von Erbsen und Möhren! "Zauberei! Teufelswerk!" rief ich voller Überzeugung. "Nein, ein Hähnchen!" übertönte mich mein Bruder und grub Sekunden später seine dentale Grundausstattung in den rechten Schenkel der goldbraunen Spukgestalt...

So, und jetzt Obacht, der Sohn kehrt aus der Küche zurück. Aus dem Zylinder sehen die Ohren des Stoffhasen heraus. "Soll ich ihn jetzt rausholen?" Ja, mein Junge, mach das. "Hokuspokus...., da isser! Guter Trick, Pabba, oder? War das eine gute Illuziton?"

Ehrlich gesagt, ich weiß es nicht. Ich weiß nur aus eigener Erfahrung, dass besondere Fähigkeiten, die man einem größeren Publikum vorstellen möchte, eine gewisse Qualität haben sollten. Um zu prüfen, ob diese Qualität wirklich vorhanden ist, bietet sich eine Testvorführung im privaten Rahmen an. Besonders geeignet sind da Kinder; sie besitzen die nötige Objektivität und merken sehr schnell, ob jemand wirklich etwas kann oder nur blufft.

Ich erinnere mich in diesem Zusammenhang an einen Kindergeburtstag, zu dem mein Sohn und ich geladen waren. Um die Mutter des Geburtstagskindes etwas zu entlasten, hatte ich mich bereit erklärt, die Plärrer mit einigen Kunststückchen bei Laune zu halten. Zu diesem Zweck hatte ich wochenlang das Jonglieren mit drei kleinen Bällen geübt und war schließlich in der Lage, die Bälle für etwa 15 Sekunden in Bewegung zu halten, was in der Regel völlig ausreicht, um von Cola berauschte Kinder zur Raserei zu bringen. Die Vorführung erzielte dann auch den gewünschten Erfolg, was hauptsächlich daran lag, dass einer der Bälle eine Blumenvase traf, deren Inhalt sich über die Stereoanlage ergoß.

Nach kurzer telefonischer Rücksprache mit meiner privaten Haftpflichtversicherung verzichtete ich auf die geplanten Übungen "Henrys Papa springt durch einen Feuerreifen" und "20 Kinder bilden auf den Schultern von Henrys Papa eine lebende Pyramide" und kam gleich zu einem Programmteil, der keinen weiteren Sachschaden befürchten ließ: "Der berühmte Zauberer Bernd formt gar lustige Figuren aus Luftballons".

Das Formen von gar lustigen Figuren aus Luftballons erfordert außer einem ordentlichen Lungenvolumen keine weiteren nennenswerten Fähigkeiten; man bläst einfach einen dieser besonders langen Ballons auf, macht einen Knoten rein, drückt dem nächstbesten Kind das Ding in die Hand und sagt: "So, Seba-

44

stian, da hast Du eine schöne Schlange, pass auf, dass sie Dich nicht erwürgt." Natürlich gibt es auch Kinder, die sich mit so etwas nicht abspeisen lassen und Nachbildungen von Löwen, Ameisenbären oder gar Rottweilern fordern. Mein Tip: Solche Kinder werden vom Zauberer sofort in den Nebenraum geschickt und dürfen erst dann wieder mitfeiern, wenn sie gelernt haben, sich zu bescheiden.

Oh Tannerbaum, oh Tannerbaum...

"Oh Tannerbaum, oh Tannerbaum..." Der Sohn ist in Hochform, keine Frage. Selbst dass er sein Lied dem längst verstorbenen Kollegen eines TV-bekannten Kriminalkommissars widmet, stört mich heute nicht. Selten wurde Nadelwuchs so vehement besungen, da reizt es doch unweigerlich, ebenfalls ein Loblied auf das symbolträchtige Gehölz zu verfassen. Und mich an die Zeit zu erinnern, als ich ein Bub war und mit Vater in den Forst ging, um ein Bäumchen zu schlagen. Alsdann:

Der Vater atmet prüfend ein
die kalte Luft, so klar und rein
füllt sie des starken Mannes Lungen
er fasst das Händchen seines Jungen
und sagt: "Das Wetter ist ein Traum.
So komm', wir schlagen einen Baum."
Der Vater geht mit weitem Schritt
der kleine Bub hält tapfer mit
sehnt sich nach einem kurzen Halt
jedoch, da ist er schon, der Wald.

"So, Junge, nun bleib' mal hier steh'n
ich werde mich jetzt rasch umseh'n
nach einem Baum für uns're Stube."
Und voll Bewund'rung sieht der Bube
das Väterchen im Forst verschwinden
hört alsbald Schläge, die laut künden
von Papas Kampf mit einer Fichte.
Da tritt er auch schon aus der Dichte
des Waldes vor und ruft voll Stolz:
"Mein lieber Scholli, zähes Holz!"

Recht kritisch mustert er die Äste,
denn schließlich will er ja zum Feste
die schönste Tanne weit und breit.
Auch, dass es mittlerweile schneit
und eisig weht, das stört ihn nicht.
"Hm, ist nicht gerade ein Gedicht",
zieht er alsbald sein Resümee.
Der Baum, er landet weich im Schnee.
Der Knabe fragt sich noch "Warum?"
da haut Papa den nächsten um.

Acht Bäume geh'n auf diese Weise
auf ihre letzte große Reise.
Die Nummer 9 hat schließlich Glück
der Vater kürzt sie noch ein Stück,
besieht den Baum von allen Seiten
und sagt: "Man kann darüber streiten
ob's richtig war, doch hör' mein Sohn,
es geht nur um die Proportion:
Ist das Bäumchen schief und krumm,
kehrt das Christkind wieder um!"

Schwer im Magen liegt die Gans.
Hell steht der Baum im Lichterglanz.
Pakete werden ausgepackt
und in der Krippe schmunzelt nackt
das Christuskind. Es weiß genau:
Hier steht ein Mann mit seiner Frau
und seinen Kindern, und er freut sich,
ahnt noch nichts vom Bündnis 90
und von den Grünen hier auf Erden,
die sich darüber ärgern werden.

"Was schreibst Du?" Soll ich dem Sohn das Gedicht vorlesen, mich seiner Kritik aussetzen? Nein, später vielleicht. "Ich schreibe einen Wunschzettel."

Oh, oh, großer Fehler. "Ich auch ja? Eine Burg, Pabba, ja? Mit 200 Ritters und 400 Pferde, ja? Und einen Katerpult, ja?" Die Vorstellung, dass ein Kater gegen Festungsmauern geschleudert wird, ist zwar in gewisser Weise müsant. Bei allem Humor komme ich aber nicht umhin, korrigierend in den Wunschzettel einzugreifen. "Rittern und Pferden, Hank, so muß es heißen. Genau gesagt: Mit 10 Rittern und 10 Pferden. Und Katapult, ja? Und: ein Katapult. Wen oder was, Akkusativ, verstehst Du?"

Willig wiederholt der Sohn die Worte des Vaters. Sein Wunschzettel ist in diesem Jahr erstaunlich klein, der Grund dafür ist Rücksichtnahme auf die körperliche Verfassung des Weihnachtsmannes. "Damit er nich' so viele Sachen schleppen muß, ja, Pabba?" Meine Erzählung, dass der Weihnachtsmann im November an einem Leistenbruch operiert wurde und deshalb in diesem Jahr nur wenige Geschenke bringen wird, scheint also gefruchtet zu haben.

Die kleine Lügengeschichte beruht auf reinem Selbstschutz: Heiligabend im Jahre zuvor durfte ich viereinhalb Stunden lang eine Rennbahn und ein Playmobil-Haus aufbauen. Zudem bewegte sich das anschließend improvisierte Spiel ("Alle Hausbewohner haben Streit, vertragen sich dann aber wieder und besuchen alle das 24-Stunden-Rennen von Le Mans. Dann stirbt einer.") ebenfalls in einem entsprechenden Zeitrahmen, was dazu führte, dass ich erst im Morgengrauen mein bereits um 19 Uhr 30 mit Rotwein gefülltes Glas leeren konnte.

"Ich bin das Christuskind, Du mußt mich jetzt stillen!" Da steht es nun vor mir, das Ergebnis weihnachtlicher Vorfreude und früher Sexualaufklärung, trägt eine rote Zipfelmütze – seit 14 Tagen frage ich mich, wie es darunter aussehen mag – und grinst breit.

Ich atme tief ein. "Männer. mein Sohn, können geniale Steilpässe geben und tiefe Freude empfinden, wenn sie mehrmals hintereinander das Wort *Zweikomponentenkleber* aussprechen. Männer können in einer Kneipe sitzen und guten Gewissens ein weiteres Bier bestellen, obwohl sie schon hackevoll sind. Denn sie stellen – egal wieviel Bier sie trinken – nicht die Welt in Frage. Männer können ihre Fußnägel mit einer Isolierzange schneiden. Aber: Männer können nicht stillen, mein Sohn. Das ist eines unserer wenigen Mankos und einer der wenigen Kritikpunkte, zu denen die Schöpfung Anlass gibt. Männer können nicht stillen, so traurig das auch ist."

Das Gesicht des Alleinerben signalisiert tiefe Nachdenklichkeit. "Aber wenn Männer nich' stillen können, müssen sie einfach laut sein, oder?"

Kermit seine Säge

Klasse sieht er aus, der Baum, der. Den ich, so will es der Brauch, wie immer auf den letzten Drücker gekauft habe. Und deswegen ist auch krumm und schief. Dass ich einen optisch minderwertigen Baum kaufe, hat natürlich seinen Grund. Es ist so etwas wie der Versuch einer Wiedergutmachung.

Als ich noch klein war, durfte ich meinen Vater kurz vor Weihnachten immer in den nahen Wald begleiten, genau gesagt, in eine Tannenschonung, wo er mit Erlaubnis des Besitzers ein Bäumchen schlug. Eines? Ein Hieb mit der Axt, ein schnelles Herauszerren des Baumes, eine kurze Musterung – und schon war der nächste Kandidat an der Reihe. Bis mein Vater einen seinen Vorstellungen entsprechenden Baum gefunden hatte, vergingen oft Stunden und eine Menge Tannen mußten dran glauben. Ich nutzte die Zeit, um über den Begriff "Schonung" nachzudenken. Zugegeben, ich habe lange überlegt, ob ich diese Geschichte erzählen soll, aber was soll's, wir wussten es damals nicht besser. Ich nicht, weil ich klein war, mein Vater nicht, weil er durch den Wunsch, der Familie einen ebenmäßig gewachsenen Baum in die Stube zu stellen, verblendet war.

In diesen und anderen Erinnerungen schwelgend, schmücke ich also den Baum und bin froh, dass ich in diesem Jahr genau weiß, was ich vom Weihnachtsmann kriege: eine Rennbahn mit vier Loopings und drei Steilkurven. Das heißt, eigentlich kriegt mein Sohn diese Rennbahn. "Ist er nicht noch zu jung für so eine Rennbahn?" hat seine Mutter gefragt. Nun, es ist einfach so, dass ich noch nicht zu alt dafür bin. Außerdem habe ich in diesem Jahr viel für ihn erdulden müssen. Zum Beispiel die Weihnachtsfeier im Kinderladen, ich meine, gut, wenn Fünfjährige vor Publikum Blockflöte spielen, ist das gewiss eine feine Sache, aber 40 Minuten, das geht echt an die Substanz.

Mein Sohn hasst seine Blockflöte momentan, stattdessen singt er lieber, so wie jetzt. "Kermit seine Säge reinigt jedes Haus..." *Kermit seine Säge*, jaja, der korrekte Genitiv, daran werden wir im neuen Jahr arbeiten müssen. Was ist das überhaupt für ein Lied? Die Melodie klingt vertraut, aber der Text? "Bub, komm mal her!" Der Sohn erscheint, über und über mit Lametta behangen und guter Dinge. "Guck mal, Pabba, das Christuskind!" Alle Jahre wieder, denke ich, und plötzlich wird mir klar, welches Lied der Sohn da singt. "Kehrt mit seinem Segen..." hebe ich ich an, und das Kind stimmt freudig ein. "...reinigt jedes Haus, gibt auf alle' Wege mit uns einen aus..."

Schluß mit Zeitreisen

"Was ist Zeit, Pabba?" Irgendwann nimmt die Qualität kindlicher Fragen zu. Da heißt es dann nicht mehr "Wie hoch ist der Turm?" oder "Wie macht man Schnee?", da geht es dann ans Eingemachte. Da müssen Lexika angeschafft, Studienreisen gebucht und hochwertige Mikroskope finanziert werden, um die Neugierde des Sohnes zu befriedigen. Oder es muss halbwegs gescheit improvisiert werden.

"Zeit, ja, da sprichst du ein großes Thema an. – Guck mal da, der neue SL! Wie schnell mag der wohl sein?" Kurzes Überlegen. "300, oder?" Okay, fast geschafft. "Aber mindestens, Junge! Wollen wir jetzt heimfahren und weiter an der Burg basteln?" Williges Nicken, echt Glück gehabt, ab ins Auto und heimgebrummt. Zeit, wirklich ein gigantisches Thema. Wo und wie soll ich ansetzen? Vielleicht mit einem Rückblick?

"Wie funktioniert denn eigentlich so eine Zeitreise?" Die Frage meines Bruders trifft mich nicht ganz unvorbereitet; wir haben den ganzen Nachmittag in unserer Erdhöhle verbracht und über die Möglichkeit diskutiert, in den Lauf der Weltgeschichte einzugreifen und nachträglich Einfluß auf bestimmte Ereignisse zu nehmen. Anlaß der kindlichen Überlegungen, die jetzt zur Schlafenszeit ihre Fortsetzung finden, war die Niederlage unserer Nationalmannschaft gegen England und die daraus resultierende unglückliche Grundstimmung unseres Vaters. "Niemals drin", hat er nach dem Spiel gesagt, sich Arbeitskleidung übergestreift und in den folgenden drei Stunden 10 weitere Quadratmeter Möhlmann'schen Grundbesitzes durch das Verlegen von Waschbetonplatten des Formates 30 X 30 geebnet. (Heute denke ich, dass es die große Vision meines Vaters war, die ganze Welt mit Waschbetonplatten auszukleiden; "Irgendwo müssen die Fahrzeuge doch stehen", pflegte er zu antworten, wenn Mutter den Verlust eines weiteren Gemüsebeetes beklagte. Dazu muß ich sagen, dass mit "die Fahrzeuge" ein blauer VW-Käfer mit Faltdach und zwei Fahrräder gemeint waren, aber wie gesagt, Vater war Visionär und Waschbetonplatten im Jahre 1966 das Mittel der Wahl, das überzeugte Mitwirken am Wirtschaftsaufschwung zu dokumentieren.)

Doch bevor ich weiter abschweife und das Thema endgültig aus den Augen verliere, blicken wir wieder in das typisch südoldenburgisch eingerichtete Kinderzimmer (zwei Betten) des Sommers 1966, in dem zwei in etwa gleichaltrige Jungen gegen die drohende Müdigkeit ankämpfen.

"Bei Zeitreisen bewegst Du Dich durch die Zeit", greife ich die Frage meines Bruders auf und beschließe gleichzeitig, das Stückchen Schorf am rechten Knie noch etwas in Ruhe zu lassen. "Du fährst also nicht mit dem Rad nach Lohne, sondern nach Gestern. Oder nach Morgen. Oder noch weiter zurück oder vor, wie Du willst." Ich höre, wie sich mein Bruder im Bett aufrichtet. "Und das geht?" "Rheotetisch: ja." Rheotetisch ist mein neues Lieblingswort, es bedeutet wohl, dass etwas nicht geht, erhält aber ein gewisses Maß an Hoffnung und Zuversicht. Für ein Kind in Südoldenburg ist rheotetisches Denken geradezu überlebenswichtig.

"Dann kann ich also nach England fahren und da ein Tor schießen?" Aufgeregt boxt mein Bruder die Daunen. "Bleib' bitte bei der Möglichkeitsform: Dann *könnte* ich also nach England fahren", korrigiere ich sanft. "Wieso Du? Wieso ich nicht? Immer darfst du alles. Ich will nach England!"

Es wird laut, plötzlich ist das Zimmer in grelles Licht getaucht. "Hier fährt keiner nach England", sagt Mutter und richtet die Laken, um dann im Weggehen noch anzufügen: "Jetzt ist aber Schluß mit Zeitreisen!"

Was für ein genialer Satz, Mama.

Nehmet und esset alle davon

"Was für ein Tier isses?" Vorsichtig pieke ich noch einmal in den Lammbraten. "Das ist ein Lamm. Das wird uns prima schmecken, Junge." Na, noch etwa 30 Minuten, dann soll es gut sein. "Was ist ein Lamm?" In erster Linie eine leckere Angelegenheit, möchte ich antworten, belasse es dann aber bei einer kindgerechten Antwort. "Sagen wir mal, es ist ein Schaf. Ein sehr junges Schaf, um genau zu sein." Aah, das hätte ich nicht sagen dürfen. "Ein Kind?" Jetzt wird es eng. Schon seit Wochen setzt mir der Knabe mit seiner vegetarischen Grundhaltung zu. Vermutlich liegt es an den Erziehern im Kinderladen, dort werden ernährungsspezifische Fragen relativ freimütig mit den Plärrern erörtert.

"Na ja, Kind ist vielleicht etwas übertrieben. Sagen wir mal, es ist jung, äh, es war jung." Jetzt kommt, was kommen muss. "Schade, dass es nicht mehr lebt, oder?" Natürlich ist es schade, aber es hat sein Leben – auch wenn es kurz gewesen sein mag – jedenfalls gelebt. "Ich will das nicht essen! Ich will Kartoffeln!"

Soll ich die Chance nutzen? Dem Sohn die grausigen Bedingungen schildern, unter denen Kartoffeln bis zur Ernte leben? Monatelang im tiefen schwarzen Boden vergraben, nicht ahnend, welches Schicksal sie erwartet? Lebendig gehäutet, zerstückelt, in siedendes Wasser geworfen... lieber nicht, der Junge wird dann nichts mehr essen.

"Schau mal, Hank, wir hatten doch besprochen, dass wir nur Fleisch von Tieren essen, die es gut gehabt haben, die frei leben konnten. Und dieses Lamm ist unter geradezu prächtigen

Bedingungen aufgewachsen. Ich habe den Schlachter extra gefragt."

Tatsächlich kaufe ich seit einiger Zeit das Fleisch unter diesen Gesichtspunkten. Denn: "Das Schwein, das fröhlich grunzt und quiekt, schmeckt doppelt gut!" Schon die alten Römer wussten, dass Tier und Gemüs' gewisser Spielräume und Freiheiten bedürfen, um zu echter Reife und Vollwertigkeit zu gelangen. Im Klartext: Die Sau, so sie ihr Leben in einer dunklen Stallung fristet, wird depressiv. Flanke an Flanke mit unliebsamen Nachbarn stehend, neurotisch nach Ringelschwanz und Schlappohr der Artgenossen schnappend, wartet die Wutz auf die tägliche wachstumsfördernde Dröhnung. Schließlich trottet das Tier gesenkten Hauptes in die Todeszelle, angetrieben von Stromschlägen und dem schwachen Willen, das freudlose Leben jetzt endlich zu beenden.

Wie anders da das Schwein, das unter ökologisch optimalen Bedingungen heranwächst! Schon früh am Morgen trifft es sich im geräumigen Koben mit Brüdern und Schwestern, die ebenfalls das Privileg der artgerechten Haltung genießen. Schweine, kaum jemand weiß das, sind wahre Aktivbolzen. Sie raufen gerne, scherzen zwanglos und lieben es, wenn kleine Kinder mit ihnen herumtoben. Mein Vater hielt in der schweren Zeit um 1964 herum drei dieser Tiere in einer geräumigen Stallung nebst Center Court nahe dem Wohnhaus. Was wir Kinder nicht aßen, kam den Sauen zugute; dick und rund wurden sie mit der Zeit, wir schenkten ihnen Namen ("John Wayne", "Stummelchen", "Klara") und Vertrauen, wir bürsteten sie, ritten sie zu und steckten ihnen zärtlich Zeige und Mittelfinger in die warmen, weichen Steckdosen, die sie uns fordernd entgegenstreckten.

Dann war "Judgement Day", Horst Fröhlich, der Schlachter, schickte uns Kinder hinter das Haus, bevor er zur Tat schritt. Wir hörten, wie unsere Freunde singend zur Schlachtbank schritten, immer wieder fröhlich unsere Namen rufend; wir hörten das plumpe Krachen des Bolzenschussapparates und – nach einer langen Pause – die Stimme der Mutter, die unsere Assistenz forderte. Wir rührten Blut und stopften Würste, wir bewunderten still die rotbraun glänzenden Nieren und ordneten Gerüche ein.

Am Abend aßen wir Blutsuppe. Sie hat uns geschmeckt, wir wußten, was wir aßen. Wir aßen, was wir hatten heranwachsen sehen, was uns Freude bereitet hatte, was uns nahe gewesen war.

"So, das Essen ist fertig!" Lecker riecht das, hm! Widerwillig nimmt der Sohn seinen Platz ein. "So, schau mal, dieses schöne Stück ist für dich. Laß es dir schmecken, ja?" Keine Frage, der beste Lammbraten der Welt. Gestern noch auf der Weide gestanden und Pläne geschmiedet, heute auf meinem Teller. Tel Aviv, wie der Franzose sagt. "Na, schmeckt doch toll, oder?"

Lustlos stochert der Bengel auf seinem Teller herum. "Ich kann es nicht essen, Pabba. Ich bin sooo traurig." Okay, Druckmittel überprüfen und entscheiden, welche emotionale Waffe eingesetzt wird. Hier ist eindeutig atomare Sprengkraft gefragt.

"Und ich bin traurig, wenn du nichts isst. Als ich noch klein war, habe ich nie so gutes Fleisch gekriegt." Der erwartete heftige Aufschlag des Geschosses bleibt aus. Noch im Fluge wird es von der Abwehr geortet und mit einem gezielten Gegenschlag zerstört. "Dann gebe ich dir eben jetzt mein Fleisch, ja, Pabba?"

Kennt er um meine religiösen Wurzeln? Dies ist mein Fleisch, nehmet und esset alle davon... Keine Frage, der Bub weiß, wie er mich kriegt.

Meine wirkliche Lieblingsblume

Der Sohn heult. Heult wie ein Schlosshund und will nicht mehr leben. Liebeskummer. Fünf Jahre alt und Liebeskummer. Nora, seine neue Flamme im Kinderladen, hat ihr Versprechen gebrochen, ihn nicht daheim besucht. So sind die Frauen, möchte ich ihm sagen, aber wäre es nicht verfrüht, ihm alle Illusionen zu nehmen, die die Liebe nährt?

Wie kann er sich aber auch nur auf diese emotionale Ebene begeben? Von wem hat er das? Von seiner Mutter wahrscheinlich, von mir jedenfalls nicht. Bei Frauen war ich und bin noch immer um einen gewissen Abstand bemüht.

Als ich zum ersten Mal richtig verliebt war, war ich zwölf Jahre alt und vom Studium des Schriftwechsels zwischen Jean-Paul Sartre und Simone de Beauvoir voll geprägt. Nur so lassen sich heute jene Zeilen erklären, die ich seinerzeit meiner Klassenkameradin Marianne Nieberding über den Mittelsmann Heiner Schlumberg zukommen ließ.

"Liebe Marianne", schrieb ich, "die Art, wie du dein lichtblondes Haupthaar zu schweren Zöpfen geflochten trägst, dein berückend aufrechter Gang und dein helles Lachen, das gestern über den Schulhof hallte, haben in mir ein Gefühl geweckt, das mich schreckt. Von Liebe zu sprechen, oh Marianne, scheint mir so dreist, und doch: Wie sonst soll ich das Feuer beschreiben, das in mir lodert, wie mein Nackenhaar zur Räson bringen, das sich just jetzt in tiefem Erinnern an dein glockenklares Jubilieren sträubt. Marianne, ich will ganz ehrlich sein: Ich bin nicht nur Brillenträger, ich empfinde auch so. Die angeborene Scheu, des Lebens Reize aus der Nähe zu betrachten und hinter starken Gläsern Schutz vor eigenartigen Empfindungen zu suchen, ist fürwahr kein leichtes Los. Wäre mein Augenlicht stark genug, ich wäre sicherlich ein guter Fußballstürmer und könnte diese Botschaft mit strammen Schüssen aus der zweiten Reihe ans Torgebälk zimmern. So bleibt mir nur mein unauffälliges Dasein als Vorstopper, als Wasserträger für den Klassenkameraden Werner Lindemann, mit dem du – wie deine Schwester mir gestern für ein paar Silberlinge verraten hat – seit zwei Wochen fest gehst. Es kann nicht meine Aufgabe sein, dich vor Werner zu warnen, doch kreist das Gerücht, er habe ein Foto von deiner Freundin Sieglinde in sein Herbarium geklebt und dieses mit "Meine wirkliche Lieblingsblume" signiert, sicherlich nicht ganz ohne Grund. Verstehe mich jetzt nicht falsch: Ich möchte das eventuell zwischen euch aufkeimende zarte Pflänzchen der Liebe nicht mit E 605 nähren, auch liegt es mir fern, in Werner nur einen intriganten Bauernlümmel zu sehen, der aufgrund väterlichen Einwirkens auf die örtlichen Honoratioren unsere Schuleinrichtung besuchen darf, bei der Messdienerprüfung zweimal durchgefallen ist und sein Taschengeld mit dem Verkauf gestohlener Hühnergelege aufbessert. Nein, liebe Marianne, er hat bestimmt seine Qualitäten. Doch in einer ruhigen Stunde solltest du dich fragen, ob du wirklich ein Leben in Angst leben willst – oder ob es nicht erstrebenswerter ist, die wahre Liebe, also mich zu wählen. Sich verzehrend, dein Bernhard."

Warum bloß hat sich Marianne damals für Werner entschieden?

Heißa! Holla! Hoppsassa!

"Robin Hood, Robin Hood / reitet durch die Lande / voller Stolz und Wagemut/ folgt ihm seine Bande / Es fürchten ihn die Bösen / die Guten sind ihm gut / Robin Hood, Robin Hood, Robin Hood!"

Endlich mal eine TV-Sendung, die wir gemeinsam sehen können. Der Bub ist schwer begeistert und wundert sich, dass ich die Titelmelodie so perfekt mitsingen kann. "Kennst du den Robin Hut?"

Kennen? Geliebt habe ich ihn! Jung waren wir, was schwätze ich, Kinder noch. Klar die Gedanken, heil die Welt, verschorft das Knie und wach der Blick. Brüder waren wir, genetisch wie im Geiste, im Bunde mit der Natur, die täglich wir durchstreiften. Nahe dem Elternhaus ein Forst uns Heimat gab, zage sich duckend das Getier verstummte, sobald der Bande Schritte nahten. Heißa, welch ein Leben, wie frei und unbeschwert! Holla, wie gottgefällig unser Auftrag, es von den Reichen zu nehmen und an die Armen weiterzureichen! Hoppsassa, wie glockenhell unser Gesang, wenn Dämmerung nahte und schrill der Mutter Ruf zur Eile mahnte.

Genug der nostalgischen Grammatik und der Verklärung, hin zur nackten Wahrheit. Die Brüder Möhlmann bildeten in den frühen 60er Jahren eine gefürchtete Truppe, die unter dem Deckmantel der Pflege anglikanischer Historie in den Wäldern Südoldenburgs umhertobte und zugereiste Stadtkinder drangsalierte. Und wenn keine Stadtkinder greifbar waren, prügelten wir uns untereinander.

Derartige Kämpfe unter Blutsverwandten verliefen äußerst fair; der Unterlegene musste lediglich 15mal auf den Boden klopfen, um Aufgabe zu signalisieren. (Das war meine Idee; bevor jemand 15mal auf den Boden geklopft hat, kann man noch eine Menge mit ihm anstellen.) Zudem achteten wir darauf, unsere Kleidung nicht zu ruinieren; eine intakte Hose war damals Grundvoraussetzung für elterliches Wohlwollen.

Im Gegensatz dazu ging es bei außerfamiliären Gemetzeln darum, die Kleider des Gegners vollständig zu vernichten. Ich erinnere mich an einen Abend, da kam ich mit einem sauber abgetrennten Hosenbein heim. Sein einstiger Besitzer, ein in seiner skrupellosen Art stark an den Sheriff von Nottingham erinnernder Architektensohn, hatte mich durch einen fiesen Schlag auf die Nase über ein gesundes Maß hinaus provoziert und vor meinen Getreuen arg gedemütigt.

An den Folgen des Schlages leide ich noch heute; nicht nur, dass mit dem Nasenbein meine Vorstellungen von sportlicher Fairness zerbrachen, auch ein körperlicher Langzeitschaden ist geblieben. Besonders beim abendlichen Abschreiten meiner Ländereien muss ich immer wieder Ruhepausen einlegen und komplett auf Mundatmung umstellen, weil nicht genügend lebenswichtiger Sauerstoff den Weg durch die linksseitig verengte Nasenöffnung findet. Ich habe im Laufe der Zeit gelernt, dieses Handicap zu akzeptieren, möglichst nicht unnötig außer Atem zu geraten und – falls sich das überhaupt nicht vermeiden lässt – mir beim Küssen die Luft gut einzuteilen.

Zurück in die Kindheit: Mein damals etwas mopsiger Bruder Wolfgang – unser Bruder Tuck – setzte sich kurzerhand auf meinen Gegner drauf. Dann handelten wir rasch und zielgerichtet, dem Sheriff blieb nur die Unterwäsche und ein Schuh.

Das Hosenbein habe ich übrigens – ganz im Sinne der Hood'schen Philosophie – meinem armen Vater als Poliertuch für seinen neuen VW Käfer geschenkt.

Vaterstolz

Kinderfeste sind eine hochinteressante Angelegenheit, geben sie uns Eltern doch die Gelegenheit, Intelligenz, Wissensstand, Durchsetzungsvermögen, Sozialverhalten und körperlichen Entwicklungsstand unserer Nachkommen im Rahmen von Spiel und Spaß zu überprüfen und aus unseren Beobachtungen gewisse Rückschlüsse auf das Fruchten unserer Erziehungsbemühungen zu ziehen.

Kürzlich diente mein Gutsbesitz in Sasel als Veranstaltungsstätte für ein solches Kinderfest; Anlass war der 2. Geburtstag meines Sohnes, ein Bursche mit ausgeprägt sonnigem Gemüt, der die täglichen Mahlzeiten mit freudigem Gesang begrüßt und erst vor wenigen Stunden einen kompletten Tobsuchtsanfall bekommen hat, weil er seine Ohren nicht auf Anhieb vom Kopf ablösen konnte. ("Abmachen, Pabba, Ohre' ab!")

Es war eine sehr gut besuchte Veranstaltung, sieben Jungen aus Altersstufen von 16 Monaten bis 6 Jahren sowie ein dreijähriges Quotenmädchen tobten im Garten herum und traktierten ihre Verdauungsapparate mit Kuchen und Brause, während ihre Erziehungsberechtigten nach einem wertfreien Synonym für "Mohrenköpfe", respektive "Negerküsse" suchten.

Ich hatte gerade meinen Vorschlag "Afro-Busserl" ins Feld geführt, als ich eine gewisse Unruhe unter den Minderjährigen ausmachte – Zeit für das von mir sorgfältig vorbereitete "Geschicklichkeitsspiel mit unglaublich vielen wertvollen Sachpreisen".

64

Kinder und Erwachsene begaben sich auf meine Anordnung hin in den Teil der Grünanlage, in dem ich eine Wurfbude improvisiert hatte: eine über Holzböcke gelegte Planke mit 10 pyramidenförmig angeordneten Blechdosen, die es mit drei Ballwürfen abzubauen galt.

Während die ersten Teilnehmer ihre mehr und weniger vorhandene Geschicklichkeit unter Beweis stellten, fieberte ich dem Auftritt meines Sohnes entgegen. Acht Wochen lang hatte ich ihn vorbereitet, endlose Telefonate mit Peter Graf geführt und mit Sponsoren verhandelt. Ja, ich war nervös, ich wollte die Frucht meiner Lenden siegen sehen und den Sohn auf den Schultern durch den Ort tragen.

Dann war es so weit: Ohne jegliche Anspannung legte Henry die Trainingsjacke ab, rieb die kleinen Hände mit Talkumpuder ein, griff in den Korb, nahm den ersten Ball – und lief damit um die Wurfbude herum, um sodann den Ball vorsichtig in die dahinter gelegene Hecke zu legen.

Der mir nicht blutsverwandte Teil der Anwesenden lachte schallend, auch dann noch, als der eilig herbeigerufene Notarzt bei mir einen massiven "Vaterstolz-Infarkt" diagnostizierte und ein Rezept über 10 Folgen Sesamstraße ausstellte...

Überleben im Urwald

Vor zwei Wochen war's, an einem letzten dieser ach so heißen Tage, Sie erinnern sich vielleicht, da saß ich mit dem Sohn am Abend auf der Veranda und wir aßen die leckeren Schmatzewürstchen, die wir auf den Grill gepackt hatten, ganz klein waren die und tierisch lecker. Dazu hörten wir den Soundtrack von "Easy Rider", den hatte ich lange nicht mehr aufgelegt und der Sohn hörte gebannt meinen Beschreibungen jener Zeit zu, in der auch ich frei sein wollte.

"Was ist das für ein Lied?" fagte der Sohn bei "The Pusher" von Steppenwolf. "Nun", antwortete ich willig, "der Sänger verteufelt in diesem Lied die Menschen, die harte Drogen verkaufen und heroisiert in Nebensätzen das Rauchen cannabishaltiger Substanzen." Der Sohn zeigte sich wenig beeindruckt, schob noch ein Würstchen nach und kaute zufrieden. Tja, und da kam ich dann auf die Idee, dass es den Kindern heute vielleicht zu gut geht und das man sie eventuell mehr abhärten und auf eventuelle Extremsituationen vorbereiten müsste, und diese Idee ging mir bis zum nächsten Morgen nicht aus dem Kopf.

Gleich nach dem Aufstehen setzte ich den Sohn davon in Kenntnis, dass es mit den fetten Zeiten vorbei sei. "Wir machen jetzt mal eine Survival-Tour und wollen versuchen, von dem zu leben, was wir in der Natur finden." "Und was essen wir?" kam es ignorant zurück. "Nun, was uns über den Weg läuft. Auf geht's, Bengel."

Zügig schritten wir voran und schlugen uns gleich hinter dem nahen Bächlein in den Wald. Die Sonne brannte heiß, Durst meldete sich an. Ich merkte es daran, dass mein Sohn "Durst" sagte.

"Du hättest ja eben aus dem Bächlein trinken können", wies ich ihn zurecht. "Aber dahinten ist doch eine Tankstelle", kam die Antwort. Was für ein perfekter Orientierungssinn, dachte ich und gab nach; schließlich lag diese Tankstelle ja gewissermaßen auch in der Natur.

Nach zwei Mars und einer Flasche Cola – am Sonnabend darf mein Sohn Cola trinken – besserte sich seine Laune sichtlich. "Warum machen wir das?" – "Was?" – "Na das. Die Natur essen." – "Damit wir in schlechten Zeiten überleben. Da müssen wir vielleicht Dinge essen, die nicht so gut schmecken" "Hunde auch?" – "Ja, vielleicht auch Hunde." – "Aber Hunde kann man doch nicht esssen, die sind doch viel zu groß!"

So ging das Gespräch eine Weile munter hin und her, und als wir schließlich aufbrachen, ließen wir noch zwei leere Chipstüten und vier "Magnum"-Hüllen im Mülleimer der Tankstelle zurück.

Die Natur ist schon ein feine Sache, dachte ich, während wir weiterstiefelten, ja, der liebe Gott hat sie gut eingerichtet. Besonders die Tankstellen waren eine prima Idee.

Das habe ich für dich gemalt

"Guck mal, Pabba!" Stolz hält mir der Sprössling ein Blatt Papier unter die Nase. "Das habe ich für dich gemalt!" Prüfend betrachte ich die Zeichnung: zwei krakelige Kreise, ein krakeliges Rechteck und irgendwo mittendrin eine Art Gesicht. "Was soll denn das sein?"

Leichtes Erstaunen. "Das bist du, Pabba. Im Auto." So, ich im Auto. "Wollen wir noch einen Baum malen?" Bevor der Junge antworten kann, halte ich schon einen Stift in der Hand.

"Nie in Kinderbilder hineinmalen!" Die scharfe, um nicht zu sagen schrille Warnung kommt von Iris. Iris ist Pädagogin, eine mehr oder weniger gute Freundin, die mich bisweilen besucht, damit unsere Buben miteinander spielen.

"Und warum nicht?" Iris holt Luft. "Weil das Bild ein Ausdruck seiner Seele ist. Die solltest du nicht verfälschen. Für Kinder ist es wichtig..."

Als sie ihren Vortrag beendet hat, bin auch ich mit dem Baum fertig. "Na Hank, wie isser?" Der Sohn ist begeistert. "Gut, Pabba. Malst du noch ein Haus?" Und während ich die Skizze eines Bungalows in Angriff nehme und Iris wütend ihre Sachen packt (vielleicht hätte ich doch nicht hämisch "Seele verletzen, ja?" sagen sollen), lasse ich in Gedanken meine eigene künstlerische Karriere an mir vorbei ziehen.

Lange bevor ich die Schriftstellerei als solide Basis für Glück, Glanz und Ruhm akzeptierte, fühlte ich mich stark zur Malerei hingezogen. "Langeweile" war der Titel meines ersten Werkes,

mit dem ich im Alter von 10 Monaten meine Mutter über-
raschte. Ihre Kommentare "Das darf nicht wahr sein!" und
"Das sieht man noch Jahre später!" bestätigten mich in der Ein-
schätzung der Besonderheit meiner Arbeit, die ganz ohne
Zweifel in der außergewöhnlichen Technik (Banane auf Perser-
Teppich) und den beeindruckenden Bildmaßen (3,5 x 4 Meter)
lag.

Das kleine Atelier, das Mutter mir in der Folge einrichtete,
erwies sich als äußerst phantasieanregend und inspirierend.
Hier entstanden Werke wie "Im Laufställchen", "Blinde Wut"
und nicht zuletzt das Triptychon "Hass", das ich – bedingt
durch Mangel an Kakao und Keksresten – nie beenden sollte.

Die Erfahrung, im Stehen die bessere Übersicht zu haben und
in anderen Formaten arbeiten zu können, brachte mich zunächst auf die Beine und kurz darauf auch aus dem Atelier
heraus. Ein erster Ausflug in den Garten erwies sich für meine
weitere Entwicklung als äußerst förderlich; hier setzte mich
mein Vater gegen meinen Willen ("Was soll denn das, ich
mach' mich doch nicht lächerlich, loslassen, Du sollst loslassen...!") auf eine Wippe und vermittelte mir so die Grundbe-
griffe perspektivischer Wahrnehmung trotz vehementer
Übelkeit.

Im Kinderhort entdeckte ich die 3. Dimension und versuchte
mich erstmals an Plastiken. Für die Altersgenossen wurde ich
rasch zur künstlerischen Leitfigur; meine Workshops "Kneten
ohne Kompromisse" und "Der gute Ton" waren über Monate
hinweg komplett ausgebucht. Meine Skulpturen "Hund am
Scheidewege" und "Anatomie einer Nacht" zierten den Ge-

meindesaal und führten zu heftigen Kontroversen innerhalb der Bürgerschaft.

Bei aller Bestätigung, die mir meine Arbeit brachte, vermochte ich die bohrenden Zweifel an ihrem tiefen Sinn nie ganz zu überwinden. Mit der Einschulung kam schließlich die völlige Ernüchterung: Hier war nicht Kreativität gefagt, sondern purer Konformismus. Permanente Kritiken seitens der Lehrerin – "Kaninchen haben keine Hörner, Bernhard!" oder "Uhren können nicht zerfließen!" nahmen mir schließlich die Lust an der professionellen Malerei.

"So, fertig ist das Haus." Der Knabe freut sich. "Darf ich da ein Kaninchen reinmalen?" Lange horche ich in meine Seele hinein. Nichts rührt sich. "Aber klar doch. Und nimm kräftige Farben, ja?!"

Und ab geht der Fisch

Ein langer Arbeitstag liegt hinter mir. Jetzt schnell den Burschen ins Bett packen und dann das verdiente Bierchen schlürfen. "Aber noch eine Geschichte, Pabba." Klar doch, was haben wir denn hier... ja, das ist gut: "Aufzucht, Hege und Pflege des Deutschen Jagdhundes".

Interessiert hört der Sohn zu, saugt Begriffe wie "Stockmaß" und "Leinenführigkeit" in sich auf und lauscht dem Vortrag des Kapitels "Beibringen von Niederwild aus seichtem Gewässer".

"Ich will auch einen Hund." Ein Kuss auf die Stirn. "Hank, darüber haben wir schon gesprochen. Wir haben nicht den Platz und nicht die Zeit für einen Hund. Und jetzt schlaf schön, ja?" Langes Gähnen. "Na gut."

Wissen Sie, zuerst war es ein Pony, dessen baldige Anschaffung mir mein Sohn ans Herz legte. Ich blieb hart, auch den Kauf eines ungarischen Vorstehhundes wusste ich geschickt mit dem Argument mangelnder Sprachkenntnis und daraus gewiss resultierender Abrichtungsprobleme ablehnend zu bescheiden. Die Mitteilung "Ich will aber auch ein Tier!", mit der in der Folgezeit meine abendlichen Gutenachtgeschichten – die in der Regel auf dem guten Verhältnis zwischen Mensch und niederer Kreatur beruhen – unterbrochen wurden, führte schließlich zum Entschluss, meinem Sohn einen Fisch zu kaufen.

Fische sind hübsch anzusehen, brauchen keinen täglichen Auslauf und beißen keine Briefträger. So dachte ich, als wir im nahegelegenen Einkaufszentrum in einer zoologischen Handlung vorstellig wurden und gegen Zahlung von 107 Mark ein kleines Aquarium, zwei Fische (deren Artbezeichnung mir entfallen ist), Futter und etwas Kies erstanden.

Die Anschaffung eines Filtersystems, einer Anlage zur Sauerstoffanreicherung und diverser Dekorationselemente (Höhle, versunkene Galeere und die originalgetreuen Nachbildungen zweier toter Freizeittaucher mit defektem Tiefenmesser am Handgelenk) schlug drei Tage später mit 360 Mark zu Buche und wäre durchaus zu verkraften gewesen, hätte der Sohn nicht kurz darauf mit dem Einwand "Warum soll ich füttern, die können doch nix!" massives Desinteresse am neuen Hobby bekundet.

Aus Horrorfilmen weiß ich, dass selbst harmlose Haustiere, die man gedankenlos entsorgt, massiv entarten und irgendwann Kanalarbeiter angreifen können.

Ich habe mich deshalb damit abgefunden, bis zu meinem oder ihrem Lebensende für Cindy und Bert – so haben wir die Langweiler getauft – sorgen zu müssen und im Freundeskreis als "seniler Schreiberling, der früher nichts hat anbrennen lassen" belächelt zu werden.

Hier kommt die Maus

Die Entscheidung ist gefallen. Bei aller Liebe zur Natur, bei allem Bemühen um das geregelte Auskommen mit Gottes Geschöpfen – was zu weit geht, geht zu weit.

Auf dem Boden des Salzfässchens finde ich ihn, den Schlüssel zum Waffenschrank. Der Blick gleitet über das Jagdgerät: Da ist der Geha-Patronenfüller, der mit den drei Griffmulden, mit dem ich so wunderbare Schulaufsätze zu schreiben wusste. Hier der Pelikano, mit dem ich Vaters Signatur unter den Zeugnissen 1969 – 1972 fälschte. Auf rotem Samt ruht ein Montblanc, aus dem vor Jahren die Tinte für meine erste Kolumne spritzte. Doch jetzt ist nicht die Zeit für Sentimentalitäten, stark greift die Hand nach der Diana-Luftbüchse, rasch ist das Zielfernrohr montiert, die Feder gespannt, das Projektil in den Lauf geschoben, der Kipplauf in Ausgangsstellung gebracht. Tief atme ich durch.

Auf dem Weg zur Veranda begegnet mir der Sohn, der gesenkten Hauptes den Feldstecher zureicht. "Waidmannsheil", murmelt er und senkt den Blick, zieht sich dann in sein Zimmer zurück und startet das Cassettenabspielgerät. "Warum sind die Schlümpfe klein?" höre ich Vadder Abraham fragen, subtile Anklage eines Vierjährigen, ein scharfes Messer durchbohrt mein Herz, später werde ich ihm vielleicht alles erklären können.

Seit etwa sechs Wochen unterhöhlt eine Wühlmaus den Grünbereich meiner Niederlassung. Ich habe diese Tatsache zunächst mit einer gewissen Amüsiertheit registriert und als Anregung verstanden, mich zu belesen und Wissenswertes über diesen Spaßmacher unter Gottes Geschöpfen zu erfahren – bis ich bemerken musste, dass die Aktivitäten des possierlichen Wühlers auf die kontinuierliche Absenkung des Wohngebäudes abzielen.

Friedensangebote wie Appenzeller und andere ebenso pikante wie kostspielige Käsesorten wurden abgelehnt; der Griff zur Waffe, die jetzt schwer in der Hand ruht, wurde wohl mehr als sorgsam überlegt.

Der Zenit guten Büchsenlichtes ist seit zehn Minuten überschritten, abendliche Kühle fährt zage unters Wams, Holsten Edel will nur mäßig wärmen. Noch eine halbe Stunde, viel länger mag ich nicht harren, schon dringt aus dem Kinderzimmer ungeschultes Fluchen. "Miste, diese!" Hohe Zeit, mit dem Sohn "Jenseits des Tales" zu singen und ihm erzieherische Plattheiten ins Ohr zu raunen. ("Wenn du jetzt schnell einschläfst, wirst du morgen schnell wieder wach.") Ein letzter Blick durchs Rohr, schon senkt sich langsam der Büchsenlauf – da! Spitz ragt ein Näschen, flinke Äuglein suchen, nervöse Pfötchen schieben fetten Mutterboden. Hier kommt die Maus!

Wie kommen die Streifen in die Zahnpasta? schießt es mir durch den Kopf, während der Daumen ganz automatisch den Sicherungshebel umlegt. Du wirst mein Haus nicht zerstören, Bestie! Sollen wir im Schlaf von herabstürzenden Balken erschlagen werden? Schon spürt der Zeigefinger den Druckpunkt, ist das Blatt anvisiert. Luft anhalten...

"Hast du sie getroffen, Pabba?" Und weg ist das Biest. Enttäuscht setze ich die Waffe ab und wende mich dem Sohn zu, der sich so heimtückisch angeschlichen hat. "Nein, ich habe sie nicht getroffen, weil du sie verjagt hast."

"Macht sie jetzt das Haus kaputt?" Fein, jedenfalls versteht er, dass es hier um unsere Existenz geht. "Ich glaube nicht. Sie hat das Gewehr gesehen und weiß jetzt, dass sie weiterziehen muss. Und jetzt gehen wir ins Bett, ja? Die Maus schläft bestimmt auch schon."

Willig folgt mir der Sohn ins Haus. "Wo geht sie morgen hin?" Und während wir Türen und Fenster schließen, denke ich darüber nach, wem ich das Biest an den Hals wünsche.

Der blöde Junge auf dem Roller

Im Laufe seiner nunmehr viereinhalb Lebensjahre ist mir mein Sohn zu einem guten Kameraden geworden, der es immer wieder versteht, mich durch sein primär lebensbejahendes Wesen von den Fährnissen des Alltags und den steigenden Lebenshaltungskosten abzulenken. So kam ich unlängst seiner Aufforderung, einen Part innerhalb des Rollenspiels "Ein kleiner Junge fährt mit seinem Roller und wird von einem LKW umgefahren" zu übernehmen, gern nach.

Zunächst war ich "der blöde Junge auf dem Roller", der von einem "müden LKW Fahrer, weil er Bier getrunken hat" beim Einbiegen in "die Straße vor dem Kinderladen" erfasst und überrrollt wurde.

Prinzipiell bereiten mir solche Szenarien tiefes Unbehagen, doch die Liebe zum Kind und die Drohung "Spiel mit, sonst esse ich nichts!" sind zwei gute Gründe, eine gewisses Maß an Begeisterung zu heucheln.

Nach etwa 10 Unfall-Varianten, inszeniert mit Requisiten aus der Produktgruppe "Playmobil", war der Sohn mit dem Ablauf des Unfallhergangs zufrieden. "So, jetzt kommt die Polizei. Ich bin der Polizist, du bist der Fahrer... Hey, Sie haben den Jungen am Ohr verletzt! Sie müssen ins Gefängnis!"

Damit war der erste pädagogische Knackpunkt erreicht. Natürlich hatte der Fahrer Strafe verdient, keine Frage. Doch wäre das nicht zu einfach gewesen? "Oh bitte, sperren Sie mich nicht ein! Ich habe doch auch einen Sohn! Wenn ich ins Gefängnis muss, kann ich nicht mehr mit ihm spielen!" Ein Argument, das den Sohn zutiefst nachdenklich und mich äußerst zufrieden stimmte. Eine schwere Entscheidung für den jungen Polizisten, keine Frage.

Die TV-Sendung "Wie würden Sie entscheiden?" fiel mir ein, ich glaube jedenfalls, dass die so heißt, die kennen Sie bestimmt, da müssen Leute immer eine Straftat beurteilen und liegen mit dem verhängten Strafmaß fast immer voll daneben.

Nun, die Entscheidung meines Sohnes fiel schließlich so aus, wie ich es erwartet hatte: intuitiv, phantasievoll und gerecht: "Dann sperren wir den Sohn mit ein, dann können beide spielen, ja, Pabba, machen wir das?"

Klar machen wir das. Und zwar lebenslänglich.

Jetzt noch ein Märchen

Es ist 20 Uhr. Ein harter Abend geht zu Ende: 64 Spielzeugautos stehen gewaschen und poliert im Autohaus, sorgfältig eingeparkt, nach Typen und Farben geordnet. "Und was machen wir jetzt?", fragt der Sohn, obwohl er die Antwort kennt. Stumm halte ich ihm die Armbanduhr vor die Nase. "Na, wo steht der große Zeiger?"

Der Sohn klappt zusammen wie ein Taschenmesser und zuckt wild. "Nein, nich' ins Bett!!!" Hastig spule ich den Beruhigungstext ab; in einer halben Stunde spielt der FC Schalke 04, Eile ist angesagt: "Schau mal, Bubu, morgen ist auch noch ein Tag, da können wir..." Wie erwartet folgt die Einlage "Mit meinem Körper stimmt etwas nicht": Der Sohn greift sich an den Bauch: "Mein Magen tut weh!"

Meine palpatorische Untersuchung verläuft schnell und präzise. "Vermutlich eine gastrointestinale Blutung. Da hilft nur Zähneputzen." "Will ich aber nicht!" Flink eile ich zum Bücherregal und fische zielsicher den Bildband über Zahnerkrankungen heraus. Nach kurzem Durchblättern entscheide ich mich für das Foto "Paradonthose im Endstadium". "Schau mal, Hank, das passiert, wenn du die Zähne nicht putzt."

Es ist 20 Uhr 15, der Sohn liegt, Zeit für "Doppel-Waka-Waka". Dieses nicht unumstrittene Einschlafritual besteht darin, die Beine des Kindes an den Fußgelenken zu greifen und schnell so zu beugen, dass rechte und linke Kniescheibe abwechselnd in Ohrkontakt kommen. Dazu singt man "Waka-Waka-Waka..." (Anmerkung: "Doppel-Waka-Waka" ist eine Variante des einfachen "Waka-Waka", bei dem nur ein Kinderbein bewegt wird. Pädagogen empfehlen, mit dem "Doppel-Waka-Waka" spätestens ab dem 3. Lebensjahr anzufangen, um dem Kind nicht das Gefühl zu geben, dass sein anderes Bein nichts taugt.)

"Jetzt noch ein Märchen!" Nur fünf Minuten bis zum Anpfiff, okay, das muss reichen.

"Also, es waren einmal zwei Kinder, die hießen Hänsel und Gretel..." Der Sohn richtet sich auf.

"Und wer baggert?"
"Wie, wer baggert?"
"Einer baggert doch, oder?"
"Nee, da baggert keiner. In dieser Geschichte wird nicht ge-baggert."
"Einer soll aber baggern, Pabba."
"Na gut, wer soll baggern? Hänsel oder Gretel?"
"Die Hänsel soll baggern!"

Aah, eine Schwäche in der Grammatik.

"Der Hänsel, es heißt: der Hänsel. Also, es waren einmal zwei Kinder, die hießen Hänsel und Gretel. Eines Tages wollte Hänsel baggern..."
"Warum will er baggern?"
"Ich weiß nicht. Du wolltest doch, dass er baggert." "Nein, der soll nich' baggern. Der Gretel soll lieber baggern."
"Also gut, der Gretel, ääh, die Gretel wollte baggern."
"Wen baggert sie?"
"Nicht wen. Was baggert sie, muss es heißen."
"Warum baggert sie was?"

"Weil sie ein Loch für die böse Hexe brauchen." – "Warum is'
die Hexe böse?"
"Nun ja, die soziale Abgeschiedenheit, das damalige Sontags-
backverbot, eine Katzenallergie..."

Ein Blick auf die Uhr, es ist 20 Uhr 45. "Weiter, Pabba, weiter!" Naja ja, was soll's? Die zweite Halbzeit muss dann wohl
reichen.

Ich hab' aber Bauchschmerzen, Pabba...

Ich war schon immer ein miserabler Simulant. Als mir Karla Pröpken in den frühen Morgenstunden eines regnerischen Septembertages 1955 einen Klaps auf den Hintern gab, simulierte ich Interesse am Leben, indem ich zu atmen begann.

Karla Pröpken, eine mit allen Fruchtwassern gewaschene Hebamme, konnte ich aber nicht täuschen. Während sie meine Mutter versorgte, ließ sie mich keine Sekunde aus den Augen und ertappte mich ein paar Minuten später dabei, wie ich aspirierte und blau anlief. Ein weiterer, diesmal etwas festerer Klaps brachte mich zur Vernunft. Ich atmete tief ein, wieder aus, wieder ein, wieder aus. Tja, so mache ich das heute immer noch, und vielleicht ist genau das das große Geheimnis des Lebens, ich meine, einfach immer weiteratmen, egal, was passiert.

Als ich zwölf Jahre alt war, nahm mich mein Vater zum ersten Mal mit in den Betrieb, wo ich ihm im Verlauf der Reparatur eines Gabelstaplers die dazu notwendigen Schraubenschlüssel anzureichen hatte. Ich simulierte heftiges handwerkliches Interesse, indem ich mich in unbeobachteten Momenten von Kopf bis Fuß mit Altöl betupfte. Ich wollte einfach so sein wie er: groß, kräftig und ölverschmiert. Heute weiß ich, dass es völlig ausgereicht hätte, ihm die passenden Schlüssel anzureichen, anstatt – wie Zwölfjährige halt so sind – während der Arbeit an Schiaparellis Entdeckung der Marskanäle und den Zusammenhang zwischen dem Kometen 1862 III und dem Meteorstrom der Perseiden nachzudenken.

1968 ging es auf Klassenfahrt ins Sauerland; während der Rückfahrt saß ich neben Maria Kessling und simulierte erwachendes Verlangen. Das war aber nur, weil fast alle Jungs ein Mädchen im Arm hatten. Ich habe Maria Kessling am nächsten Schultag reinen Wein eingeschenkt und ihr gesagt, dass es mit uns nichts wird. Zudem war sie Protestantin; eine Verbindung mit ihr hätte meine Karriere als Messdiener stark gefährdet.

Die Veranlagung, ein schlechter Simulant zu sein, hat sich auf meinen Sohn übertragen. Wenn er nicht in den Kinderladen gehen will, täuscht er abdominale Beschwerden vor. Abgesehen davon, dass ich ihm nicht glaube: Nichts ist niedlicher als ein Junge, der am frühen Morgen die Augen aufschlägt und sagt: "Ich hab' aber Bauchschmerzen, Pabba."

Da bleibt dann nur eines: erzieherische Härte simulieren.

Männchen hören

Unlängst wurde ich mitten in der Nacht von der bösen Ahnung geweckt, mein kleiner Sohn könne kalte Füße haben. Ich ging ins Kinderzimmer; tatsächlich war das linke Beinchen des Kleinen unbedeckt und fühlte sich bereits recht kühl an. Beim Bemühen, die klamme Extremität durch kräftiges Reiben und Rubbeln wieder auf Normaltemperatur zu bringen, wurde das Söhnchen leider wach und forderte spontan – die Uhrzeit völlig falsch einschätzend – das sofortige Vorlesen eines Märchens.

Willig ging ich in meine Bibliothek und suchte nach einer geeigneten Lektüre. Eine Geschichte, die mich selbst als Kind sehr faszinert hatte, kam mir in den Sinn, doch wollten mir Titel und Name des Autors einfach nicht einfallen. Es ging, wenn ich mich richtig erinnere, in diesem Märchen um eine pyromanische Minderjährige, die durch das soziale Netz gefallen war und in einer kalten Winternacht trotz pfundweiser Verfeuerung von Zündhölzern an Unterkühlung starb. Wie hieß bloß diese Geschichte? "Das Zündholzgör"? "Das Mädchen mit den Schwefelhölzern"? Oder gar "Backdraft Girl"?

Aus dem Zimmer meines Sohnes hörte ich das unterdrückte Fluchen, zu dem nur Zweijährige fähig sind; Eile war geboten, keine Frage. Um den Sohn zu beruhigen, unterbrach ich die Suche nach dem der Vorweihnachtszeit angemessenen Unterhaltungsstoff und ging ins Kinderzimmer zurück.

"Männchen hören!" brüllte mir der Sohn entgegen und fuhr fort in seinem Bemühen, das Metallica-Poster über seinem Bettchen abzureißen.

Eingeschüchtert setzte ich das Kassettengerät in Betrieb und spulte "Enter Sandman" zurück, das derzeitige Lieblingsstück des Rabauken und Grundlage meiner Bemühungen musikalischer Früherziehung.

"Tallika super!" krähte das Kind und begann mit den für echte Metal-Fans typischen Rempeleien. "Ja, der Lars Ulrich ist ein guter Trommler", nährte ich die Begeisterung und ließ mich in Stage-Diving-Manier auf die Lagerstatt plumpsen. "Mehr Lars Ulrich!" konterte der Sohn und sprang auf meinen Bauch, um alsdann seine Stirn voll gegen meine Nase zu rammen. Tränen schossen mir in die Augen, die der Rührung ins linke, die des Schmerzes ins rechte.

Wir hörten noch "My Friend Of Misery", "Wherever I May Room" und zum Ausklang "Nothing Else Matters"; letzterer ist ein etwas ruhigerer Titel, der sich durch eine differenzierte Instrumentierung von der kalten Melancholie typischer Metallica-Titel etwas abhebt und textlich in leicht philosophische Regionen zielt. Danach erzählte ich meinem Sohn noch etwas zur Entstehungsgeschichte der Band und ließ dabei auch den schrecklichen Tag nicht aus, an dem der Bassist Cliff Burton bei einem Busunglück ums Leben kam.

Ich meine, letztendlich ist diese Zündholzgeschichte auch nicht viel fröhlicher.

Von Jägern und Sammlern

Vater schreibt, sein Junges hockt zu seinen Füßen und ist in ein Spiel vertieft, unternimmt einen phantasievollen Ausflug ins Legoland, sammelt Erfahrungen im Berechnen der Statik, der Schallisolierung, der Wärmedämmung. Wenn wir mit unserer Arbeit fertig sind, werden wir gemeinsam Jagdlieder singen. "...sonst wird dich der Jäger holen / mit dem Schießgeweheheeeer..."

Um das klarzustellen: Ich habe dem Kind bisher die Existenz von Schusswaffen verschwiegen. Es muss im Kindergarten passiert sein, jedenfalls ist es so, dass der Junge beim Anblick von Niederwild, das quasi täglich meinen Garten frequentiert, neuerdings immer "Totmachen!" brüllt. Nicht etwa, dass mich das sonderlich erschreckt; ich selbst habe meinen ersten Hasen mit neun Jahren erlegt. Bis dahin hatte ich drei Jahre meiner Mutter geglaubt und mir beim Versuch, dem flinken Tier Salz auf den Schwanz zu streuen, fast die Lunge aus dem Hals gerannt. Irgendwann befiel meinen Vater Mitleid und er drückte mir stumm sein Kleinkalibergewehr in die Hand. In der Abenddämmerung des 25. Septembers 1964 erfüllte sich das Schicksal des Tieres; wir aßen es schweigend.

Wie das Jagen, so legt auch das Sammeln in der Natur des Mannes. Da ich nur wenig Gelegenheit zur Jagd hatte, habe ich mich sehr bald auf das Sammeln konzentriert, wobei mich Fußballspieler und ähnlich ordinäre Motive als Kind nie sonderlich interessierten. Ich hatte mich schon in jungen Jahren auf ein Spezialgebiet konzentriert: Heiligenbildchen.

Als fleißiger Ministrant – jeder Einsatz wurde mit einem Heiligenbildchen belohnt – besaß ich in der Blütezeit meiner Sammelleidenschaft etwa dreihundert verschiedene Motive, darunter einige echte Raritäten, die damals mit Geld nicht zu bezahlen waren. So kostete mich beispielsweise der Erwerb eines Motives der Verbrennung des Konrad von Wolfratshausen – ein Pilger, der auf dem Weg nach Rom aufgrund der Aussage williger Männer, die auf Drängen eines herzoglichen Pflegers hin falsches Zeugnis ablegten, dem Scheiterhaufen übereignet wurde – sage und schreibe 20 Bildchen anderer Heiliger.

Bilder von Märtyrern standen hoch im Kurs und lagen in ihrem ideellen Wert weit vor Königen, Ordensstiftern und Bekennerinnen.

Mein Freund Kalli war innerhalb seiner Sammelleidenschaft mehr der Natur zugetan; er besaß die kompletten Sätze von "Tiere in deutschen Wäldern", "Was auf deutschen Feldern wächst" und "Bäume in Deutschland". Dafür aß er Unmengen einer bestimmten Schokoladensorte, deren Verpackung die Kärtchen beigelegt waren.

Während des Sammelns der Edition "Deutschlands Burgen und Schlösser" bekam er dann Karies und musste vorzeitig aufhören.

Das Püree von Bethlehem

"Warum haben sie Püree gebracht, Pabba?" Wer hat hier wem Püree gebracht? Es dauert eine Weile, bis alle Zusammenhänge geklärt sind. Der Sohn hat nämlich eine Weihnachtsgeschichte gehört und einiges durcheinander gebracht. Die Drei Weisen aus dem Morgenland folgen dem Stern, der sie nach Betlehem führt. Und wenn ich meinem Sohn glauben darf, haben sie nicht nur Weihrauch und Gold im Gepäck, sondern auch zermatschte Kartoffeln. Was mich sofort dazu treibt, diese Weihnachtsgeschichte entsprechend umzuschreiben.

"Schau mal, was für kräftige Hände der Bursche hat! Bestimmt wird er später auch mal mit Holz zu tun haben!" Voller Stolz blickt Josef seine Frau an. Maria lächelt gequält zurück. "Ach, ich weiß nicht. Ich glaube eher, dass er in die Politik gehen wird." Etwas enttäuscht kratzt sich Josef das Kinn. "Na meinetwegen. Aber ich persönlich würde es toll finden, wenn der Junge später irgendwie mit Holz zu tun hat." Maria schließt die Augen. "Lass mich jetzt noch etwas schlafen, ja? Und kümmere dich bitte endlich um die Außenbeleuchtung."

Gekränkt verlässt Josef den Raum. Natürlich hat sie allen Grund, gereizt zu sein, denkt er, ein schönes Heim haben wir wahrhaftig nicht. Um sich Ablenkung zu verschaffen, geht er zu der Gruppe Hirten, die ganz in der Nähe der Behausung ein Rudel Schafe hütet. "Übrigens, Josef, ihr müsst mal ein Namensschild am Postkasten anbringen", sagt der alte Willi und reicht ihm gleichzeitig einen Briefumschlag, "das hier ist bei mir gelandet."
Neugierig öffnet Josef das Schreiben, liest und runzelt die Stirn. "Was für eine Klaue! Wer soll denn das lesen können?"

Willi nimmt ihm das Papier aus der Hand. "Laß mal sehen. Aah, ihr kriegt Besuch aus dem Morgenland. Drei Greise, steht hier..., Mensch, das ist aber wirklich ein Gekritzel..., also, drei Greise sind zu Euch unterwegs, hey, mit Geschenken! Das Kind wollen sie sehen und Geschenke abgeben!"

Josef blickt irritiert. "Drei Greise mit Geschenken? Schreiben sie, was sie genau bringen?" Willi liest weiter. "Ja, aber es ist kaum zu entziffern. Weihrauch ist auf jeden Fall dabei. Aber was das hier heißen soll? Püree? Wieso bringen die Püree?" "Wieso nicht?" unterbricht Josef. "Püree ist lecker. Ich hab' schon ewig kein Püree mehr gegessen. Noch was?" Angestrengt liest Willi weiter. "Einen Colt. Wenn ich das hier richtig lese, bringen sie auch einen Colt. Am 6. Januar wollen sie hier sein."

Josef nimmt den Brief an sich. "Das wäre ja heute." Gedankenversunken schlendert er zum Haus zurück. Weihrauch, Püree und ein Colt, hm. Da soll nun einer schlau draus werden.

An der Haustür bleibt Josef stehen. Richtig, die Außenbeleuchtung! Schon seit Wochen funktioniert sie nicht mehr. Genervt macht sich Josef an die Arbeit. Er kann diese Lampe nicht leiden, Maria findet ihn schön, diesen komischen Stern mit Schweif aus Weißglas. Einladend sähe das Licht aus, sagt sie. Naja, wenn sie Freude daran hat, denkt Josef, werd' ich das Ding eben reparieren. Außerdem, vielleicht kommen die drei Greise erst spät in der Nacht an und finden das Haus nicht! Und dann wär's ja nix mit Weihrauch, Pürree und Colt...

Wir können das doch später durchziehen

Puuh, das ist gerade noch einmal gut gegangen. Nein, dieser Matthias! Matthias ist sozusagen ein Freund meines Sohnes, der Mutter meines Sohnes und meiner natürlich auch. Seit vier Jahren übernimmt er alljährlich die Aufgabe, den Weihnachtsmann zu spielen. Eine Aufgabe, um die ich ihn nicht beneide. Auch Matthias leidet spürbar unter den wachsenden Anforderungen, die diese Rolle mit sich bringt. Schließlich wird der Sohn immer älter – und damit immer aufmerksamer.

Nur so lässt es sich erklären, dass er in diesem Jahr vergessen hat, sich den Bart ans Kinn zu heften. Zum Glück waren die Lichtverhältnisse derart miserabel, dass der Sohn nichts bemerkt hat. Jedenfalls werden wir uns für das nächste Jahr etwas einfallen lassen müssen; der Freund hat angekündigt, dass er das Engagement an unserer kleinen Weihnachtsbühne nicht verlängern wird.

Ein verständliches Verhalten, weiß ich doch selbst um die Anforderungen, die die Schauspielerei mit sich bringt. Auch ich durfte – einige Jahre ist das jetzt her – einmal den Nikolaus spielen; Auftraggeberin war Andrea, eine mir gut bekannte allein erziehende Mutter und allein betreibende Eignerin eines Wollstübchens in Groß Borstel. Der Bitte, für ihren Nachwuchs den bärtigen und wohlwollenden Gesellen zu mimen, kam ich gern nach; die Kinder, der 9jährige Mike und die 11jährige Lisa, waren mir (bedingt durch eine längerfristige Liebschaft mit ihrer Ernährerin) wohlbekannt, und sie schätzten mich als einen zwar grundsätzlich der freiheitlich-demokratischen Grundordnung verpflichteten, aber doch in Erziehungsfragen recht großzügig denkenden und handelnden Zeitgenossen.

So stand ich am 6. Dezember vor Andreas Wohnungstür, ein-
gehüllt in ein rotes Wams und mit schmückendem Rauschebart
am Kinn, und forderte klingelnd Einlass. Die Hausherrin öffnete alsbald und folgte willig dem Brauch, den Nikolaus erst
einmal heftig zu knutschen. Schließlich besann ich mich aber
auf die Würde, die mit Nikolausens Amt nun einmal unweigerlich verbunden ist, und trat ein.

"Von draußen, vom Walde komm ich her...", dröhnte es Sekunden später durch die Wohnstube, in der Mike und Lisa vor
dem Fernseher hockten und einer Spielfilmhandlung folgten, in
der es offensichtlich um die Abwehr außerirdischer Erdbesu-
cher ging. Meine Bemühungen, mit verstellter Stimme die
Kinder über meine wahre Identität im Unklaren zu lassen, erwiesen sich als offensichtlich unzureichend.

"Hallo Bernd, willste ein Bier?", reagierte Mike, ohne den
Kopf zu wenden. "... ich muss Euch sagen, es weihnachtet
sehr...", fuhr ich dennoch unbeirrt fort, diesmal unterbrochen
von dem Kommentar "Zerstört die fremde Kreatur!", der lautstark aus dem Fernsehgerät hallte.

"Allüberall auf den Tannenspitzen..." unternahm ich einen
letzten Versuch, in den Kindern vorweihnachtliche Emotionen
zu wecken. "Warum vögelst Du nicht einfach noch 'ne halbe
Stunde mit Mami und läßt uns hier in Ruhe gucken?" interve-
nierte Lisa. "Wir können das doch noch später durchziehen."

Das gab mir den Rest. Müde den Bart abstreifend, ging ich in
die Küche, nahm mir ein Bier aus dem Kühlschrank und

blickte aus dem Fenster. Draußen wurde gerade mein Schlitten abgeschleppt...

Das Leben im Dschungel

Neben "100 Tips für Steuerzahler" und "Nachts, wenn die Lust erwacht" zählt zu meinen Lieblingsbüchern unbedingt "Das Dschungelbuch", jene Geschichte, mit der Rudyard Kipling, eigentlich eher ein Meister der Kurzgeschichte und sparsamer Gedichte, seine Qualitäten als Romancier untermauerte.

Wie fast alle Bücher, die mir die Kindheit auf dem Lande erträglich machten, las ich das Dschungelbuch nachts unter der Bettdecke, in der Hand die Taschenlampe, die es zuvor dem Vater zu entwenden galt. Denn Vater war nicht nur der Herr über Haus und Hof, sondern auch über Haushaltsgegenstände, die wirtschaftliches Denken und Handeln erforderten, und dazu zählte auch besagte mobile Beleuchtungseinrichtung.

Mein Vater besaß viele außergewöhnliche Eigenschaften. Er konnte zum Beispiel die Radmuttern unseres VW-Käfers mit der bloßen Hand lösen. Und er wusste die Lebensdauer von auf elektrochemischer Basis arbeitenden Stromspeichern relativ exakt einzuschätzen. Wenn also die beiden Akkumulatoren seiner Taschenlampe innerhalb einer Woche leergelutscht waren, konnte nur ein schwerer Missbrauch vorliegen.

So kam, was kommen musste. Ich hatte gerade einen tiefen Atemzug durch das Stückchen Gartenschlauch genommen, das seit zwei Nächten meine Sauerstoffversorgung unter dem schweren Federbett garantierte. Das bisher aus Sicherheitsgründen praktizierte Verfahren (Taschenlampe aus, auftauchen, Luft holen, abtauchen, Taschenlampe an, weiterlesen) hatte sich als sehr umständlich und zeitraubend erwiesen und die Leseleistung erheblich beeinträchtigt. Mit Atemluft versorgt, blätterte ich also um, als mir urplötzlich die Bettdecke weggerissen wurde und ich erschrocken in das vom Licht einer 40-Watt-Birne umflutete Antlitz meines Schöpfers blickte. Dieser nahm mir wortlos die Taschenlampe aus der Hand und entfernte sich mit Beleuchtungseinheit, Dschungelbuch und der gemurmelten Frage "Weißt du eigentlich, was Batterien kosten?"

Den folgenden Tag verbrachte ich in nervöser Ungewissheit. Sie müssen wissen, dass die schriftliche Abmahnung seitens der Eltern damals noch nicht zu den populären Erziehungsmaßnahmen zählte; um 1963 herum waren der Klaps hinter die Ohren und die Gartenarbeit anerkannte Mittel, den Nachwuchs nachhaltig auf Verfehlungen aufmerksam zu machen. Als mein Vater am Abend von der Arbeit heimkam, hatte ich also schon präventiv den Wildwuchs zwischen den Gehwegplatten entfernt und meinen Nacken klapsgerecht ausrasiert. Doch nichts geschah.

Zur Schlafenszeit mein Zimmer betretend, fand ich dieses vom milden Licht einer nigelnagelneuen Leselampe erhellt. Zu jung, um gerührt in Tränen auszubrechen, kroch ich einfach unter die Decke und wartete. Tatsächlich erschien der Vater zwei Minuten später, drückte mir mein Buch in die Hand, sagte "Aber nur fünf Seiten", und verschwand gleich wieder. Ist doch irgendwie besser, als von stinkenden Wölfen erzogen zu werden, dachte ich und tauchte in den Dschungel ein.

Mensch ärgere dich nicht

So farblos und faulig das Blattwerk am Baum, nutzlos und nass. Ja, es ist Herbst, kein Zweifel. Schon am Nachmittag treibt nahende Dunkelheit die Menschen in die Häuser; am warmen Ofen versammeln sie sich und starren sich an. Was gibt es zu reden, was gibt es zu tun. Nichts? Dann auf zum fröhlichen Spiel!

Nun ist es so, dass ich Gesellschaftsspiele hasse. Der Grund mag der sein, dass ich mich im Alter von 15 Jahren im Rahmen eines Flaschendrehens bis auf die Leibwäsche entkleiden musste. Es sind Demütigungen solcher Art, die unser weiteres Leben prägen und uns unbemerkt in die soziale Isolation treiben. Heute ist es ausschließlich die Liebe zu meinem Sohn, die mich an ein Spielbrett zu treiben vermag.

"Spielen wir Mühle, Pabba?" Wenn man gegen einen sechsjährigen Jungen spielt, kann Mühle ein unglaublich attraktives Spiel sein. Wann habe ich je 20 Partien hintereinander gewonnen? Ich kann mich nicht daran erinnern. "So macht das keinen Spaß, Pabba. Immer gewinnst du." Hm, da ist was dran. "Also gut, dann lass uns doch Dame spielen, ja? Dame kann ich nicht so gut." Kurze Zeit später stellt sich heraus, dass ich doch ganz gut bin. Wie wird der Bub 14 Niederlagen in Folge verdauen? "Ich will jetzt lieber ins Bett, Pabba."

Wenn ein Junge dieses Alters freiwillig das Nachtlager aufsuchen möchte, ist er ohne Zweifel psychisch gestört. Verantwortungsvolle Eltern werden also ihr Kind nicht ohne ein klärendes Gespräch aus dem Tagesgeschehen entlassen. "Möchtest du ins Bett, weil du verloren hast?" Soll ich mich mit einem Schulterzucken abspeisen lassen? "Hör mal, Hank, Niederlagen gehören zum Leben. Es sind Niederlagen, die uns zu Männern reifen lassen." Die Antwort lässt nicht lange auf sich warten. "Aber du gewinnst immer. Gestern hast du auch beim Autorennen gewonnen." Stimmt. Allerdings nur, weil mir die technischen Finessen der Sony PlayStation geläufig sind. Man kann nämlich bei den virtuellen Wägelchen die Funktion *Drift* aktivieren; das hat zur Folge, dass der Bolide in jeder Kurve ausbricht und im Kiesbett landet. Selbst erwachsenen Piloten fällt es dann schwer, die Kiste auf Kurs zu halten. Sobald ich dran bin, schalte ich den *Drift* also lieber aus. Natürlich ist das nicht ganz fair; andererseits bringt es meinen Sohn dazu, seine Wut zu artikulieren, angestaute Agressionen abzubauen und dem Vater die Anerkennung zu zollen, die dieser so dringend braucht.

"Komm, wir spielen zum Abschluss noch Mensch ärgere dich nicht. Du nimmst deinen Glückswürfel und ich nehme meinen, ja." Der Junge ist einverstanden – und gewinnt die Partie haushoch. Wenn er erwachsen ist, werde ich ihm vielleicht erklären, wie man einen Würfel so präpariert, dass fast immer die 6 fällt.

Der beste Freund des Menschen

Mal ganz ehrlich: Ihr Kind hat doch sicherlich auch schon einmal daran gedacht, sich eine Ratte als Haustier zuzulegen, oder? Nicht? Nun, vielleicht kann ja dieser Artikel dazu beitragen, dass Sie Ihre Vorurteile, die Sie gegenüber diesem possierlichen Nager hegen, revidieren und stehenden Fußes in die nächste Tierhandlung eilen, um fortan einer Ratte ein gemütliches Zuhause zu geben.

Auch meine Haltung gegenüber Ratten war früher eine ablehnende. Es mag daran liegen, dass ich im Rahmen eines Hühnerstall-Schutzprogrammes Zeuge sein durfte, wie eines dieser in die Ecke gedrängten Nagetiere meinem Onkel Hansi ins Hosenbein schlüpfte und sich im Oberschenkel des armen Mannes festbiss. Onkel Hansi hat dieses schwere Trauma nie überwinden können und bis ins hohe Alter auch im tiefsten Winter immer Shorts getragen.

Nicht nur wegen ihres konsequenten Abwehrverhaltens hat die Ratte einen sehr schlechten Ruf. Noch immer gilt sie als Überträger von Pest und anderen Krankheiten, was wohl hauptsächlich daran liegt, dass sie noch immer Pest und Krankheiten überträgt. Aber was soll sie auch sonst machen, schließlich hat sie nichts anderes gelernt. Seit Jahrtausenden ist sie dazu verdammt, unter miserablen sozialen Bedingungen zu leben; da bleiben gewissenhafte Körperpflege und feines Benehmen natürlich irgendwann unausweichlich auf der Strecke.

Sobald aber die Ratte spürt, dass es ein Mensch gut mit ihr meint und ihr aus freien Stücken ein schützendes Dach über dem Kopf anbietet, ändert sie ihr Verhalten komplett. Sie beginnt den Tag mit einem ausgiebigen Wannenbad und steht dann bisweilen stundenlang vor dem Kleiderschrank herum, weil sie nicht weiß, was sie anziehen soll. Zum Frühstück nimmt die Ratte gern ein kräftiges Müsli zu sich; so gestärkt, steht sie alsbald auf der Matte und deutet durch heftiges Schubbern am Bein ihres Herrchens oder Frauchens an, dass es jetzt Zeit für einen kleinen Spaziergang ist. Also nichts wie raus an die frische Luft mit dem kleinen Schatz!

Viele Rattenbesitzer machen am Anfang immer wieder den Fehler, ihre Lieblinge vor Lebensmittelgeschäften und anderen Verkaufseinrichtungen anzuleinen. Vorsicht: Gerade in der Nähe der Uni-Klinik beobachtet man immer wieder Menschen, die unbeaufsichtigten Ratten fragwürdige Angebote unterbreiten. „Haben Sie nicht Lust, gegen gutes Entgelt an einem ganz neuartigen Forschungsprogramm mitzuarbeiten?" wird das arglose Tierchen gefragt, und kaum hat es das Formular unterschrieben, sitzt es auch schon in einem Käfig und muss Tabletten schlucken, bis der Arzt abwinkt. Lassen Sie Ihre Ratte also niemals allein!

Den Sauriern sei Dank!

Mit diesem Sitzelement geben Sie Ihrem Heim ein Stückchen... Nein, das ist nicht die Beschreibung, die ein Polstermöbel im Verkaufswert von 240 Mark verdient. Das ist ein Katalogtext, der mich und meinen Tagessatz schwer in Frage stellen wird. Bernhard, da ist mehr drin. *Entspannen, ausspannen, abspannen – und das zum spannenden Preis!* Na also, es geht doch. Davon jetzt noch 129 Stück, und die Kohle für diese Woche ist im Sack!

Tapsendes Geräusch auf der Treppe bremst den Schreibfluss. Der Sohn, kein Zweifel. Und schon steht er in der Küche, Haare wirr, Blick paranoid. "Papa, ich kann nicht einschlafen." Welch ein Luxus, denke ich, und dann wird mir klar, dass der Bengel mir unter den Händen wegaltert. Früher hat er immer *Pabba* gesagt, da war er klein und weich. Jetzt sitzt er auf meinem Schoß, trägt mein T-Shirt ("...dann träume ich vielleicht die Sachen, die du immer träumst, oder?") und wiegt fast eine Tonne. "Warum kannst du nicht schlafen?"

"Die Saurier. Immer wenn ich die Augen runter mache, kommen die Saurier und wollen mich angreifen. Einer hat es vorhin fast geschafft." An meinem T-Shirt kann es nicht liegen, ich träume darin allenfalls von urzeitlichen Frauen, die komischerweise immer blitzesauber sind und mir schöne Gedichte vorlesen.

Solche Gedanken zu vertiefen, hat es jetzt nicht die Zeit, der Sohn kann nicht schlafen, das ist der Punkt. Hier ist ein Vater-Sohn-Dialog ablenkender Qualität gefragt. "Deine Füße sind ganz schön groß geworden, Junge." Ein böser Fehler. "Wie bei einem Saurier, jaaa!" Wie alt ist er jetzt? Sieben, oder? Mindestens. "Warum denkst du beim Einschlafen nicht an das neue Raumschiff, das ich dir geschenkt habe?" Kurzes Nachdenken. "Das mache ich ja. Aber die Bilder von den Sauriern sind immer kräftiger." Langes Nachdenken. "Komisch, Papa, oder? Eigentlich ist der Motor von dem Raumschiff ja auch ganz schön kräftig."

Kein Zweifel, ich bin auf dem richtigen Weg. "Jawoll. So ein Raumschiff hat einen unglaublich kräftigen Motor. Tausendmillionen PS!" Damit ist die Niederlage besiegelt. "So alt sind die Saurier, Papa, oder?" Ja, so alt sind die elenden Saurier.

Ich will ehrlich sein: Saurier berühren mich emotional überhaupt nicht. Vielleicht deshalb, weil es ausnahmsweise nicht der Mensch war, der sie ausgerottet hat. Die Saurier waren irgendwann mal weg. Grippe, kontinentales Klima, ausstehende Ratenzahlungen – weiß der Geier, was die Viecher in den Tod getrieben hat. Und dass sie heute als Trickfilmfiguren herumtollen und unseren Kindern den Schlaf rauben, verschafft ihnen meiner Meinung nach auch keine sonderlichen Sympathiewerte.

"Was überlegst du jetzt? Was du noch schreiben willst?" Ja, das überlege ich. Aber mir fällt sowieso nichts mehr ein. Na los, Junge, sag' schon die Zauberworte! "Kann ich heute bei dir in deinem Bett schlafen?"

Na also, es geht doch. Computer zu, Kopf zu, Augen zu. Habt Dank, ihr blöden Saurier!

Wunsch gestrichen, aus die Maus, basta.

Mein Schädel brummt. Das ist am Tag nach einer Weihnachtsfeier nicht gerade außergewöhnlich, aber dem heftigen
Schmerz zwischen den Ohren liegt in diesem Jahr nicht etwa
der Missbrauch von alkoholischen Getränke zugrunde, nein,
ich bin mit dem Schädel gegen die Raumdecke einer Kegel-
bahn gekracht, weil ich aus Freude über einen gelungenen
Wurf zu hoch gesprungen bin. Ansonsten war es eine sehr ge-
lungene Feier, sieht man einmal davon ab, dass mich Frau
Schröder im unmittelbaren Kegel-Duell "Junge Frau gegen
alten Mann" tief gedemütigt hat. Mehr will und kann ich an
dieser Stelle nicht dazu sagen, zu sehr blutet meine Seele. Nur
noch soviel: Man sieht sich wieder!!!

Soeben hat mir der Sohn seinen Wunschzettel diktiert und ich
bin dabei, die umfangreiche Liste fernsteuerbaren Spielzeugs
alphabetisch zu gliedern. Ganz ohne Zweifel ist der Bub bereits
in jungen Jahren ein Opfer der Werbung. Nur bei zwei der 340
gewünschten Artikel war er nicht in der Lage, das dazu pas-
sende Werbeliedchen zu singen. Oh, was ist das? Endlich ein
Wunsch unter 150 Mark! "Schöne, weiche, bunte Knete" notie-
re ich. Das gefällt mir, die kriegt er. Und auch das "Halsband
mit Leine für Rex". Rex ist ein mittelgroßer Hund, der eine
frappierende Ähnlichkeit mit dem gleichnamigen Seriendar-
steller aufweist, jedoch viel blöder im Kopf ist. Das mag daran
liegen, dass er aus Plüsch gefertigt wurde.

"Ein fernsteueriges Auto, das über alle Hubbels springt und
noch so verrückte Sachen macht, wenn ich schnell damit fahre
und es dann so aussieht, als wenn es gleich umkippt, es dann
aber doch nicht macht, weil es moderne Technik hat und gut

ist." Hm, was wird die Spielzeugfachverkäuferin sagen, wenn ich ihr das vorlese? Wird sie gleich wissen, um welchen Artikel es sich handelt?

Hey, was ist das? Ein Defekt am Diktiergerät? Da spule ich gleich mal zurück. Nein, kein Zweifel, der Junge hat "Barbie" gesagt. "Backspaß-Barbie", um genau zu sein. Sowas passiert, wenn man fernsehende Knaben eine Weile unbeaufsichtigt lässt. Sie vergucken sich prompt in so ein magersüchtiges blondes Luxus-Weibchen, das sich von kleinen Toaststückchen mit Zuckerguss ernährt und den ganzen Tag mit Haarpflege und Kleiderwechsel verbringt.

Nein, mein Sohn, das ist keine Frau für dich! Wunsch gestrichen, aus die Maus, basta. Knete, Auto, Halsband, mehr gibt es nicht.

Über die Bieglichkeit des Menschen

Es ist mal wieder einer dieser unsäglichen Sonntage. "Die ganze Stadt war wie in Watte gehüllt", würde Konsalik schreiben, und ich stimme ihm zu, weil mir auch kein besseres Bild einfällt. Die Cornflakes wollen nicht schmecken, die kleinen Bananenscheiben, die sonst verlässlich meine Lebensgeister wecken, dümpeln träge in der Milch. Nein, ist nicht mein Tag heute.

Auch der Sohn blickt verschlafen aus seinem Batman-Hausmantel, den er wie immer am Heizkörper auf 40 Grad Betriebstemperatur gebracht hat. Gleich wird er mich fragen, was wir heute machen, wird auf meine Antwort "Mal sehen..." ungeduldig mit "Was sehen wir?" reagieren. Und da ist sie auch schon, die Frage, heute allerdings mit leichtem Zynismus garniert. "Machen wir was?"

"Ja, wir gehen in den Zirkus!" rufe ich fröhlich und frage mich in der gleichen Sekunde, wer da aus mir spricht. Und bevor ich dem Buben erklären kann, dass fremde Mächte in mir wohnen, die bisweilen ein überzogenes Mitteilungsbedürfnis an den Tag legen, ist der Ausflug schon beschlossene Sache.

Die Wartezeit bis zum Beginn der Vorstellung verbringen wir mit Kartenspiel und Schreibübungen; in etwa zwei Jahren will ich mich zur Ruhe setzen, dann ist es an ihm, das tägliche Brot zu erwirtschaften.

Das Zirkuszelt ist bis auf den letzten Platz gefüllt, hoch oben in der letzten Reihe lassen wir uns nieder. "Wann kommen die Löwen?" fragt der Sohn ungeduldig. Um den Abend nicht frühzeitig zu gefährden, verschweige ich klug, dass der Chinesische Staatszirkus auf den Einsatz von Löwen verzichtet und dass vielmehr der Mensch und seine erstaunliche Beweglichkeit im Zentrum der Vorführung stehen werden. "Später", antworte ich also, und dann geht auch schon das Licht aus. "Ich sehe nichts", sagt der Sohn, und als ich ihm gerade erkläre, dass der Chinese an sich und der Mensch allgemein den kurzfristigen Verzicht auf ausreichende Illumination gern als Element zur Steigerung der Spannung einsetzt, geht das Licht auch schon wieder an und lautes Getrommel setzt ein. In der Folgezeit sitzen wir mit offenem Mund da und staunen über Menschen, die anmutig durch die Lüfte schweben und unaufdringlich darauf hinweisen, dass man auch ohne Gelenke gut über die Runden kommt.

"Warum sind sie so bieglich?" will der Bub wissen, und bevor ich "biegsam" sagen kann, wird mir ganz warm ums Herz. Bieglich ist ein so schönes Wort, das meine aktuellen Lieblingswörter ("Wurstfälscher" und "Samenräuber") ganz locker auf die Plätze verweist. "Sie sind so bieglich, weil sie täglich üben", erkläre ich und spreche "bieglich" ganz laut aus, damit ich das Wort nicht vergesse.

Es treten dann noch ganz viele dieser bieglichen Menschen auf, okay, ein paar Löwen zwischendurch könnte ich jetzt auch vertragen, aber ich werde mich hüten, auch nur ein Wort darüber zu verlieren, schlafende Hunde und staunende Kinder soll man nicht wecken.

Daheim versuche ich, meinen rechten Fuß in den Nacken zu legen, aber so richtig will das nicht gelingen. "Du musst mehr üben, Pabba", bemerkt der Sohn kritisch und springt vom

Schrank ins Bett. "War das gut?" fragt er stolz. "Ganz schön bieglich" antworte ich, "ganz schön bieglich." Ein wirklich feines Wort.

Der mit dem Fisch tanzt

"Butzi, Butzi, Buuuttzziiii! Ja komm! Jaaah, du bist ein ganz, ganz wilder Bursche! Ja und wie er gucken kann! Na komm, komm zu Herrchen, ja, wo ist denn das Fresschen?! Na, das schmeckt ihm aber gut, was?! Guter Butzi!"

Was bisher niemand für möglich halten mochte, hat in jüngster Zeit immer mehr Gestalt angenommen und ist nun wahr geworden: Ich habe ein ganz persönliches und auf völligem Vertrauen basierendes Verhältnis zu meinem Goldfisch aufgebaut. Sobald ich die Küche betrete, rast Butzi mit mächtigem Anlauf (oder sagt man bei Fischen: Anschwimm?) los und knallt mit dem Kopf immer wieder gegen die Scheibe. Ich feuchte dann meinen Finger an, streue etwas Futter darauf und – Sie werden es nicht glauben – verabreiche dem Tier seine Nahrung sozusagen aus der Hand. Ich will nicht protzen, aber das ist bestimmt einzigartig auf der Welt, oder? Okay, Delfine und Killerwale, ja, aber doch nicht Goldfische! Gerade Goldfische, die sind doch als Eigenbrötler geradezu verschrien, oder? Aber nicht mein Butzi, der ist ein richtiger Racker, ein ganz wilder Kerl ist das!

Überhaupt habe ich neuerdings viele und gute Erfahrungen im Umgang mit Tieren gemacht. Zum Beispiel am vergangenen Sonntag, da war ich im Zoo, um mal kurz zu sehen, wie denn der Mandrill so den Winter übersteht. Natürlich saß er in seiner warmen Stube; es hatte am Vormittag geschneit, und wenn es schneit, dann – so lautet ein bekanntes westafrikanisches Sprichwort – jagt man keinen Mandrill vor die Tür. Und jetzt kommt's: Unser Mandrillus sphinx steht also aufrecht in einem

Haufen Stroh und ist offensichtlich guter Dinge, da sieht er plötzlich mich. Und was macht der Bursche? Er winkt mir zu. Kein Flachs, der Mandrill winkt mir zu! Dreimal! Und zwar mit solch einer echten Herzlichkeit, dass ich fast "Kennen wir uns?" gefragt hätte. Aber das ist noch nicht alles.

Kurze Zeit später stehe ich im Tropenhaus und erkläre meinem Buben, wie die Python ihre Beute würgt, ihr die Knochen bricht und sie dann in einem Stück verschlingt, und gerade erzähle ich weiter, wie ich mal während einer Expedition auf Ceylon von so einer Python bedrängt wurde, da richtet sich die Schlange plötzlich auf und folgt der Bewegung meiner rechten Hand, die ich zwecks eindrucksvoller Untermalung meiner Erzählung in die Höhe recke ("...und dann habe ich sie einfach gepackt, schau: etwa so, und einfach zwei feste Knoten in sie reingemacht.").

Dass die Schlange meiner Handbewegung folgte, habe ich zunächst mal für einen blanken Zufall gehalten, aber bei einem zweiten Versuch war dann eindeutig zu sehen, dass die Python exakt *allen* Bewegungen meiner Hand Aufmerksamkeit schenkte, sich aufrichtete, pendelte, wieder zu Boden sank und so weiter, und so fort. Eine eindrucksvolle Nummer war das, wirklich. Unter dem Beifall von etwa 15 Zoobesuchern verließ ich wenig später das Tropenhaus.

"Das war wirklich supergeil toll, Pabba", murmelte mein Sohn.
"Du darfst mich *Sahib* nennen", entgegnete ich sanft.

Oder wir reisen ab

"... und die Führung der Kamera erinnert an den jungen Ballhaus. Es ist diese subtile Art der Vermittlung einer planlos agierenden Instanz, die unter Vernachlässigung aller sozial relevanten Aspekte einfach frei agiert und hintergründig filtert, ganz ohne Zoom auf plakative Gesten."

Liebe Leserinnen und Leser, Sie werden sicher längst erraten haben, wo ich mich gerade befinde. Wo sonst, wenn nicht auf einem deutschen Campingplatz, kann man derartig schöne Dialog-Fragmente erheischen und konservieren?

Seit etwa einer Stunde liege ich im Zelt, vom Boden getrennt durch eine Luftmatratze, die pro Minute etwa 10 ccm Luft verliert. Auch der Sohn ahnt bereits, dass wir gegen Mitternacht recht hart schlafen werden. "Ich glaube, wir verlieren Luft, Pabba." Liebevoll streiche ich ihm über den blonden Schopf. Besteht nicht das ganze Leben daraus, Luft zu verlieren?

Ich bin sehr stolz auf den Buben. Vor ein paar Tagen ist er im Waldbad Lohne vom Dreier gesprungen. Der Sprung vom Dreier zählt zu den letzen großen Mannbarkeitsritualen. Söhne, die vom Dreier springen, sind später beruflich erfolgreich, fahren hyperschnelle Autos und unterhalten sich aus reiner Freude am Gespräch mit Frauen über Mut, Zielstrebigkeit und den Sinn des Lebens ganz allgemein.

Den Vormittag haben wir auf der nahe gelegenen Kartbahn verbracht, Runde um Runde gedreht und fast den Hockenheim-Crash nachgestellt. Sobald er ein Lenkrad in den Händen hält, wird der Junge zum Tier. Vielleicht lasse ich ihn morgen auf der Autobahn fahren und 3er BMWs scheuchen.

Im Nebenzelt herrscht mittlerweile geschäftiges Treiben. Wohl von seinen eigenen Worten berauscht, ist der Filmexperte kurzentschlossen in seine Begleiterin eingedrungen. Anders lässt sich sein schweres Keuchen nicht interpretieren. "Wieso atmet er so laut?", fragt der Sohn. Nein, ich werde ihm jetzt nicht von den Blumen und den Bienen erzählen, nicht auf einem deutschen Campingplatz. Ich werde ihn irgendwann an einem der schweren Thematik angemessenen Ort aufklären. In einem Museum, jawohl. Oder auf einem Friedhof, noch besser.

"Ich glaube nicht, dass die so laut atmen. Die haben bestimmt auch eine kaputte Luftmatratze. Und jetzt versuch mal zu schlafen, ja?" Leicht gesagt, auch die Begleiterin des Filmexperten findet jetzt offensichtlich Gefallen an der Spontankopulation und ist voll des Lobes über die Idee. "Das ist gu-hu-huut, ja-ha-haaa...", schallt es vehement. "Was findet sie gut?" fragt der Sohn, richtet sich auf und lauscht angestrengt. "Zelten. Sie findet Zelten gut. Frauen sagen immer ganz laut, was sie gut finden. Leg' dich mal wieder hin, ja?"

Ein leichter Regen setzt ein. "Mist, es gießt", raunt der Filmexperte, "ich muss den Kocher reinholen." Ritsch-Ratsch, ein Reißverschluss öffnet sich, leichtes Gescheppert, dann wieder Ritsch-Ratsch. Etwa eine Minute später setzt erneut schwere Atmung ein. "Bei dem Krach kann ja keiner schlafen", sagt der Sohn, "wollen wir es ihnen sagen?"

Der leichte Regen geht in schweren Niederschlag und damit verbundenes heftiges Geprassel über. "Auch das noch", murmelt der Bub, "dann sagen wir es ihnen morgen, ja?"

Die Luftmatratze ist jetzt völlig platt. Unter dem Zeltboden scheint ein Tannenzapfen zu liegen. "Ja, wir sagen es ihnen morgen." Oder wir reisen ab.

Andante con moto

Das Kind frühzeitig an die Musik und das Beherrschen eines Instrumentes heranzuführen, zählt zu den wichtigsten elterlichen Aufgaben überhaupt. Doch welches Instrument ist geeignet, das Interesse des Kindes dauerhaft zu wecken? Wie vermeiden wir Frustration und Schwächung des Selbstwertgefühls bei unserem Nachwuchs?

Zunächst einmal spielt die Physis des Kindes eine wichtige Rolle. Hat es einen breiten Brustkorb, bietet sich zwangsläufig ein Blasinstrument an. Wichtig: Überfordern Sie Ihr Kind nicht. Nur wenige Fünfjährige sind in der Lage, das Klangspektrum einer Oboe oder gar einer Posaune voll auszuschöpfen. Auch soll an dieser Stelle das Schicksal des Erstklässlers Xaver Leusing aus Garmisch nicht verschwiegen werden, der 1986 während eines Schulkonzertes vom Hocker fiel und von seiner Tuba erschlagen wurde. Entscheiden Sie sich also im Zweifelsfall für den Kauf einer Blockflöte und nehmen Sie das grässliche Geräusch, das Ihr Kind damit erzeugt, einfach billigend in Kauf. (Tipp: Mit ein paar Tropfen Alleskleber oder einem Stückchen Papiertaschentuch lässt sich die nervliche Belastung in Grenzen halten.)

Hat Ihr Kind einen eher kleinen Brustkorb, aber tierisch breite Hände und lange Finger, überraschen Sie es mit einem Konzertflügel. Nein, jetzt bitte keine Ausreden wie "Dafür ist kein Platz da!". Schauen Sie sich mal aufmerksam im Kinderzimmer um. Na, was fällt Ihnen auf? Richtig! Der große Plüschteddy, die Rennbahn und im Zweifelsfall auch das Hochbett können durchaus für eine Weile im Wohnzimmer untergebracht werden.

Sollten Sie ein ohnehin gestörtes Verhältnis zu den Nachbarn haben, ist das Schlagzeug das Instrument der Wahl. Scheuen Sie sich nicht, Ihr Kind um 22 Uhr zu wecken und üben zu lassen. Sie werden feststellen, dass das heftige Klopfen mit dem Besenstiel das Rhythmusgefühl des jungen Trommlers fördert und ihm Anreiz bietet, das Schlagen von Triolen und Quintolen zu vervollkommnen.

Manchmal kommt es vor, dass ein Kind ganz von sich aus die Geige präferiert. Lassen Sie sich in diesem Falle auf keine Diskussion ein und geben Sie das Kind, so es sich beharrlich zeigt, notfalls zur Adoption frei. Es gibt immer noch genügend Eltern, die dem elenden Gequietsche und Gekratze gern zuhören.

Mit der Anschaffung des Instrumentes ist es natürlich nicht getan. Die größte Aufgabe liegt darin, das Kind dauerhaft zu motivieren, und da ist sehr viel erzieherisches Geschick gefragt. Lassen Sie sich hier nicht von pseudopädagogischen Ratschlägen beirren: Liebesentzug, das Einsperren in einen dunklen Raum oder Wollstrumpfhosen im Hochsommer sind die einzigen wirksamen Maßnahmen, um bei Minderjährigen eine langfristige Beziehung zum Instrument zu erzeugen. Auch hat die Erfahrung gezeigt, dass Kinder, so sie drei bis vier Tage auf feste Nahrung verzichten müssen, zu erstaunlichen musikalischen Glanzleistungen fähig sind.

Vergessen Sie nicht: Musikalische Wunderkinder sind eher die Ausnahme. Üben Sie also Geduld, wenn Ihr Kind nach einer Woche noch immer nicht *andante* von *andante con moto* unterscheiden kann.

Verlieren Sie aber bei aller Nachsicht niemals das eigentliche Ziel aus den Augen: mit der Virtuosität Ihres Kindes den Neid anderer Eltern zu wecken. Wenn Ihnen das gelingt, hat sich Ihr pädagogischer und finanzieller Einsatz in jeder Hinsicht gelohnt.

Sie nannten mich Sabata

Western – ich war und bin immer noch ein Freund dieses Genres, das sich am besten mit einem Zitat von Clint Eastwood beschreiben lässt. Der hat einmal auf die Frage eines Journalisten, was denn in seinem aktuellen Film passiert, kurz und knapp geantwortet: "Ein Mann reitet in eine Stadt. Der Rest ergibt sich."

Franco Nero, Lee van Cleef und Clint Eastwood waren die Helden meiner Kindheit, ihnen eiferte ich nach, wollte sein wie sie. Zur Schule ging ich im Poncho und saß, einen kalten Zigarillo im Mundwinkel balancierend, schweigend in der letzten Reihe und beobachtete den Lehrkörper aus zu schmalen Schlitzen verengten Augen. Die Zensuren für meine mündliche Beteiligung bestärkten mich in meinem Wissen, auf dem richtigen Weg zu sein. Die wenigen Aussagen, die ich zu machen bereit war, beschränkten sich auf Sätze wie "Lasst uns töten, Companeros", "Mögen sie in Frieden ruhen", "Sie verkaufen den Tod" und andere Filmtitel, die mir zu zitieren in einigen Situationen als passend erschienen.

Meine Mutter hatte es zu dieser Zeit nicht leicht. Überall im Haus standen Spucknäpfe herum; wenn sie mir meine Milch brachte (in einem kleinen Whiskyglas, das ich stundenlang anstierte), schob ich ihr wortlos eine Münze zu. Der Garten war übersät mit primitiven Holzkreuzen, in die ich die Namen derer ritzte, die meinen Unwillen erregt hatten. Und das waren alle, die sich weigerten, mich "Sabata" zu nennen und einen Bogen um mich zu machen.

Mein Schulfreund Paul war zur gleichen Zeit ebenfalls vom Italo-Western infiziert. Er nannte sich "Django" und traf sich mit mir fast täglich in der Nähe des Waldfriedhofs von Kroge-Ehrendorf, um dort gewisse Differenzen im Rahmen eines Duells zu bereinigen. In der Regel sah das so aus, dass wir langsam aufeinander zugingen, uns schließlich im Abstand von etwa zehn Metern gegenüberstanden und dann fest in die Augen blickten. Ein Revolverduell - dies den Laien zum besseren Verständnis - wird überwiegend im Kopf entschieden. Man muss den Gegner konzentriert beobachten, muss erkennen, ob eines seiner Augenlider flattert, ob ein feiner Schweißfaden unter der Hutkrempe hervortropft und dann langsam über die Wange läuft, oder ob ein Zucken des Mundwinkels den entscheidenden Moment verrät, in dem er blitzschnell zum Colt greifen wird.

Nach drei bis vier Stunden zogen wir unsere Waffen und drückten ab. Ich fiel dann um, beziehungsweise "sank langsam in den Staub". Da es im Wald keinen Staub gab, brachten wir ihn mit; den besten Staub fanden wir in den Staubsaugern unserer Mütter. Mir mit der Hand an den Bauch zu fassen, auf die Knie zu fallen und dann langsam in den Staub zu sinken, war meine absolute Spezialität, ebenso der "erstaunte Blick" und das "mühsame Bewegen der Lippen, die ein unhörbares Wort formen". Nach einer weiteren halben Stunde, in der "meine Hand, die immer noch den Colt kraftlos umklammerte, sich langsam öffnete und dann erschlaffte", ging ich zufrieden heim. "Ich will auch mal verlieren", rief mir Paul immer nach. Ich habe nie zurückgeschaut.

Kammer des Schreckens

"Wann fängt er an?" Der Sohn ist nervös, kein Wunder, habe ich ihm doch tagelang eine Teilnahme an diesem exklusiven Ereignis in Aussicht gestellt. "Harry Potter und die Kammer des Schreckens", Pressevorführung am Sonntagvormittag, da lacht das Herz eines jeden Kindes.

Elfte Reihe im Grindel-Kino, rechts und außen, freie Sicht ist somit allemal gewährt, zumal in den vorderen Reihe Knaben mit hohen spitzen Hüten sitzen, albern Besen schwenken und wichtig durch ihre runden Brillen schauen. Die Hardcore-Potter-Fraktion, oberschlaue Kinder, die in virtuellen Schlössern leben und den Zauberstab gegen ihre hilflosen Eltern erheben, anstatt ihnen bei der Gartenarbeit zu helfen.

Der Bub vor mir mag etwa fünf Jahre alt sein. Gerade beißt er in den Unterarm seiner Mutter und fragt: "Geht das jetzt endlich los?" Kaum gesprochen, öffnet sich der Vorhang, der Film beginnt. "Du sollst mich nicht immer beißen!", sagt die Mutter, "das tut mir weh." Mit den Worten "Sei jetzt ruhig, du blöde Kuh, man versteht ja kein Wort!" verabschiedet sich ihr Nachwuchs aus der realen Welt und starrt gebannt auf die Leinwand.

Laut geht es her, das THX-System gibt sein Bestes. Der Sohn stopft sich den Schal in die Ohren. Der Knabe vor uns gibt Würgegeräusche von sich, das liegt wohl an den Spinnen, die breitwandig agieren und einen Weg in den Zuschauerraum suchen. Früher habe ich mal auf LSD den Film "Apokalypse Now" gesehen. Ich kann in etwa nachvollziehen, was Minderjährige empfinden, wenn das Grauen die erste Sitzreihe überwindet. Die Mutter vor mir reicht dem Buben eine Tüte, deren

Inhalt dieser vorher in sich hineingestopft hat. Popcorn sieht komisch aus, wenn es sich etwa eine Stunde lang im Magen aufgehalten hat.

Auch mein Junge wirkt ebenfalls recht aufgewühlt. "Der erste Teil war besser", raunt er nach etwa zwei Stunden. "Wollen wir gehen?", frage ich pädagogisch einwandfrei nach. "Nein, dann wissen wir doch nicht, was jetzt passiert", kommt es bestimmt zurück. Das klingt logisch. Die letzte halbe Stunde werden wir auch noch schaffen.

Es ist früh am Abend. Gerade hat sich der Sohn ein japanisches Schnitzmesser leicht in die Hand gerammt. "Ich habe immer noch den Film im Kopf", sagt er entschuldigend, wohl wissend, dass sein Blut die aus Kirschholz gewonnene Schnitzplatte ruiniert. "Die Spinnen waren nicht gut. Und die Schlange auch nicht. Eigentlich war das kein Film für Kinder. Wie können die so was zeigen? Bestimmt träume ich davon."

"Das liegt an der FSK", möchte ich antworten, aber die FSK scheint mir plötzlich unerklärbar. Was bedeutet die Abkürzung eigentlich? Fiese Szenen kürzen? Familien Schreckliches kredenzen? Wie auch immer, die Institution hat wieder einmal versagt. Wahrscheinlich liegt das Augenmerk der Verantwortlichen auf der einwandfreien Darstellung von Geschlechtsakten, anstatt die Länge von Schlangen und die Größe von Spinnen kritisch zu beäugen. Ich meine, da reicht doch ein Wort, und schon kann so eine Schlange tricktechnisch auf ein gesundes Maß gestutzt werden. 1,20 Meter würde völlig ausreichen.

Stattdessen muss ich mir jetzt überlegen, wie ich den Jungen ins Bett kriege - beziehungsweise in die Kammer des Schrekkens . . .

Jetzt lesen (oder etwas später):

Bernd Möhlmann:
Von Menschen und Maulwürfen
Gesammelte Aufsätze, Band 1
BOOKS ON DEMAND GMBH Dezember 2002
Paperback, 200 S. / Libri: 6597041
ISBN: 3-8311-4709-4 / EAN: 9783831147090
12,50 Euro

Jetzt besuchen:

www.berndmoehlmann.com

Ich danke Ihnen für Ihr Interesse.

Bernd Möhlmann, Herbst 2003